感染症文学論序説

石井正己

文豪たちはいかに書いたか

河出書房新社

はじめに――史料としての感染症文学

二〇一九（令和元）年末に中国の武漢で発生した新型コロナウイルス感染症（ＣＯＶＩＤ－19）は、瞬く間に世界に拡大した。日本では都市のロックダウンは行われなかったものの、二〇二〇（令和二）年四月七日、緊急事態宣言が出て厳しい自粛生活があった。その後、経済活動を前提にした生活が再開され、Ｇｏ－ｔｏキャンペーンが実施された。

冬場になって気温と湿度が下がり、再び感染者が急増した。医療崩壊を招かないようにということで、二〇二一（令和三）年早々、都道府県を限定した緊急事態宣言が再び出た。ヨーロッパやアメリカでの感染拡大は日本と関係がないという認識は、もはや許されない。今、世界の感染者は一億人、死者は二〇〇万人を超え、日本の感染者は四〇万人に迫り、死者は五五〇一人を数えた。

これを誰もが思いもかけない事態だと思ったが、この新型コロナウイルス感染症は突然起こったことではない。古くからの感染症ばかりでなく、二〇〇二（平成一四）年にＳＡＲＳ（重症急性呼吸器症候群）、二〇一二（平成二四）年にＭＥＲＳ（中東呼吸器症候群）が発生していた。どちらも猛威を振るったが、日本は島国であり、対岸の火事としか見ていなかった。「思いもかけない」というのは、私たちの認識不足によることは言うまでもない。

新型コロナウイルス感染症の感染拡大に伴って、歴史学者を中心にかつての感染症が見直された。そこで話題になったのは、一〇〇年前の一九一八（大正七）年から一九二〇（大正九）年にかけて流行したスペイン風邪だった。ちょうど横浜に着いたクルーズ船の中で感染が拡大したこともあり、軽巡洋艦・矢矧《やはぎ》の感染拡大が引き合いに出された。

折から、感染拡大を予防するためには、密集・密接・密閉を避ける必要があるという認識が「3密」という標語を生んだ。二月以降にはマスクや消毒液が市場から消え、ネット上で高額で販売された。一世帯に二枚ずつ俗称「アベノマスク」が配布されたのもその頃だ。マスクの着用の重要性が浸透した。振り返ってみると、マスクの着用が始まったのもスペイン風邪の時期だったことが見直された。

私は、二〇二〇年三月から感染症の勉強を始めた。報道はそのときの話題になるようなことだけを取り上げる癖《くせ》がある。そのまま信用すれば振り回されることはよく知っているので、まず自分が感染症をよく知らなければならないと考えた。一方、連休明けから始まる大学のオンライン授業は初めてのことなので、ひどく苦労した。しかも、本務校の大学の他、非常勤で行っている二大学のシステムはことごとく違った。

実は、以前、『文豪たちの関東大震災体験記』（小学館、二〇一三年）を著し、『１９６４年の東京オリンピック』（河出書房新社、二〇一四年）を編んだことがあった。一九二三（大正一二）年の関東大震災、一九六四（昭和三九）年の東京オリンピック・パラリンピックに文豪たちが多くの体験記や観戦記を書いていることの意味を考えてみたのである。

そこで、感染症を文豪たちはどう書いたのだろうと思って、ひたすら調べた。石川啄木、堀辰雄などは前にも読んでいたが、感染症という視点で読むようなことはなかった。だが、文献を集めようとしても、緊急事態宣言のうちは家に籠もっていて、大学の附属図書館も公共図書館も自由に使えなかった。そこで、新刊ばかりでなく、古書を中心に買い集めて読んだ。調べてみると、明治時代になってから一五〇年あまりの前半には、感染症を題材にした作品が数多く見つかった。そこで、それらを改めて「感染症文学」と呼んでみたいと思うようになった。

そうした折、新聞紙上で、「感染症は文学にならない」という発言を読んで、いらっと来た。この人はまったく文学史についての認識がない人だと思った。作家や文学が時代と切り結ぶことがなくなって久しいことを思えば、仕方がないことかもしれない。東日本大震災のときの向き合い方を見ても、文学はひどく無力だと感じた。そして、文学研究は役に立たない学問の筆頭のように見られるようになっていた。

だが、集めた感染症文学を読むと、感染拡大の時期を当事者として生きた感覚や思考が実に細やかに書かれていることに驚いた。今はビッグデータがＡＩ（人工知能）によって解析され、金科玉条のように人々の行動を規制するようになった。まさに情報化時代の申し子と言っていい。だが、ビッグデータでは個々の人間のことは見えない。それはＳＮＳが十分に代替しているという見方もあるだろうが、たぶんそうではない。

本書では、感染症文学の歴史的な意義を認識するために、「史料としての感染症文学」という枠組みを提示してみたい。文学は絵空事ではなく、最も重要な歴史的証言であるという認識にもとづく。「史料としての」という命名には、一九二五（大正一四）年、柳田国男が雑誌『史学』に発表した「史料としての伝説」が念頭にある。

こうして「感染症文学史」を編んでみると、多くの文豪たちが感染症を大事なテーマとして書き残していることに気がつく。だが、時代と寄りそったぶんだけその作品は埋没しやすく、評価も揺れる。それでもやはり、感染症の実態をリアルに伝えるのは公的な統計や記録ではなく、文学ではないかという思いを深くする。文学は確かに虚構にすぎないが、月並みな言い方をすれば、そこにこそ真実があると言ってみたい。

私自身は長く日本の古典文学を研究してきたが、柳田国男に関わる中で、「古典」や「近代」のような区分がまったく意味をなさないという認識を深めた。文学研究の渦中にいながらも、二〇世紀末からの文学研究の閉塞感にはいささかうんざりしていた。確かに研究方法としては強固になったかもしれないが、業界の中だけで言葉が行き交っているようにしか見えない。そろそろこのあたりで、文学研究の突破口を開かねばならないと考えていることを言い添えておきたい。

広く感染症をめぐる本を読んでみると、やはり感染症史に関するものが多く、個別の論文や作家の伝記での言及はあっても、文学との関係で参考になる本は少なかった。福田眞人の『結核の文化史―近代日本における病のイメージ―』（名古屋大学出版会、一九九五年）は、森鷗外、徳冨蘆花、正岡子規などを分析の対象にした点で、最も参考になった。こうした本を除けば、まとまった感染症文学論はまだ生まれていないと言っていい。

取り上げたい作品は多かったが、近代一五〇年の前半の見通しを立てることを優先しようと考えた。徳冨蘆花の『不如帰《ほととぎす》』（民友社、一九〇〇年）、北条民雄の『いのちの初夜』（創元社、一九三六年）、堀辰雄の『風立ちぬ』（野田書房、一九三八年）といった小説は研究も多いので、今はそれらに譲ることにした。また、日中戦争から太平洋戦争にかけての時代は、コレラやマラリアなどの感染症との戦いでもあって作品も多く、「病院船」など話題にすべきことがあるが、今は日常の中の感染症に重点化することにした。感染症文学論はさらに展開することが可能であり、本書はその序説にすぎない。

二〇二一年一月二八日、緊急事態宣言中の自宅にて

感染症文学論序説　文豪たちはいかに書いたか　目次

凡例

一、現在の目から見ると差別的な表現が見られるが、歴史的な意味を考慮して、そのまま残したところがある。

一、引用にあたっては、新字体、現代仮名遣いに改めたが、図版の場合は歴史的仮名遣いを残した。

感染症文学論序説　文豪たちはいかに書いたか

芥川が思い出したコレラ小説──尾崎紅葉『青葡萄』

「コロリ」──日本におけるコレラの大流行

　コレラはすでに遠い病気になった。今では輸入感染症で、海外から時々もたらされることが話題になるが、感染が広がることはなくなっている。コレラは国際伝染病の花形であり、ペスト・天然痘・結核に比べれば、新しい病気であった。今回の新型コロナウイルスの発生地は中国の武漢とされるが、コレラの発生地はインドだった。一九世紀、近代文明の発達に伴って人の移動が盛んになると、インドの風土病が交通の発達に伴って一挙に世界に広がった。

　インドはイギリスの植民地だったので、イギリスを経由してコレラが世界に広がった。イギリスは植民地支配ではオランダやポルトガルに比べて後進国だったが、大英帝国の拡大に伴ってコレラは広がった。インドで発生した感染症が、一方では西のヨーロッパに行き、一方では東の中国を経由して、東南アジアに行った。日本に最初に入ったのは一八五八（安政五）年だった。安政という江戸の社会が開国と地震で混乱している時期に、コレラは日本に入ってきたのである。これが「安政コレラ」で、明治になる一〇年前だった。

安政コレラの大流行は、日本の疫病史で最大のものに数えられている。これは、長崎に入ったアメリカ艦船・ミシシッピ号が持ち込んだ。感染は、長崎から一挙に、九州・四国・大阪・京都・江戸・函館まで北上した。感染するとコロリと死んでしまうので、人々は「コロリ」とも呼んだ。江戸だけでも一〇万人以上、コレラで亡くなったかどうかもわからないので、二六万人を数えたという説もある。江戸は世界最大の都市で、人口は一〇〇万人と考えられるので、一〇分の一ないし四分の一がコレラで亡くなったことになる。

明治時代になってからも、国家が抱えた最大の課題はコレラだった。一八七七（明治一〇）年、七九年、八二年、八六年、九〇年、九一年、九五（明治二八）年と、コレラの流行は繰り返されたので、二年から四年に一回流行したことになる。四四年間にコレラで亡くなった人は三七万人を超えると言われる。尾崎紅葉の『青葡萄』（一八九五年）は、コレラが二年から四年に一回流行していた時期に書かれた小説ということになる。

コレラ一揆も起こって、世の中が落ち着かない中で、海港検疫権が確立し、海からの移動を遮断して終息した。コレラと向き合う中で、日本の中に衛生観念ができあがったのである。ドイツの細菌学者・コッホ（一八四三〜一九一〇）が、一八八二年の結核菌に続いて、インドでコレラ菌を発見したのは、一八八三年のことだった。ドイツに留学して、コッホから最新の細菌学を学んだのが森鷗外（一八六二〜一九二二）である。鷗外のことは後に述べる。

「臆病は文明人のみの持っている美徳である」——芥川龍之介

一九一八（大正七）年から一九二〇年にかけて、スペイン風邪が流行した。芥川龍之介（一八九二〜一九二七）はこのときに二回感染し、辞世の句まで詠んでいる。芥川は一九二二（大正一一）年一一月、「コレラと漱石の話」を書いた。これは単行本『百艸』（新潮社、一九二四年）に入れるとき、「コレラ」と改題された。この年の九月にコレラが流行し、東京でも一一月に一七〇名が感染、四五名が亡くなった。コレラは大正時代にも流行したのである。

芥川は、「コレラが流行るので思い出すのは、漱石先生の話である」と始めた。夏目漱石は一八六七（慶応三）年に生まれ、一九一六（大正五）年に亡くなった。「コレラと漱石先生の話」を書いたのは、亡くなって六年後のことになる。芥川はコレラの流行で漱石の話を思い出し、これを書いて追懐したのである。

漱石が子供の時分にコレラが流行ったのは、一八七九（明治一二）年に一六万人がコレラに感染し、一〇万人が亡くなったときではないかとされる。漱石は数え一三歳であった。感染者の六割以上が亡くなったというのは、たいへんな恐怖だったと想像される。漱石はそのときの体験を芥川に話したのである。

このとき、先生（漱石のこと）は豆を沢山食って、水を沢山飲んで、それから父親と一緒に蚊帳《かや》の中に寝たという。コレラの予防に豆を食って、水を飲むというのは非科学的だが、東京生まれの作家・長谷川時雨（一八七九〜一九四一）の文章にも民間療法の話が見える。蚊帳の中に寝るのは、コレラを遮断するイメージがあったのかもしれない。

漱石は夜明け方にいきなり吐瀉《としや》を始めた。吐瀉とは嘔吐《おうと》と下痢のこと。すると、父親は「そら、コレラだ」と言って、蚊帳を飛び出した。コレラが流行しているので、子供が吐瀉したら、コレラに感染したと考えたのである。父親は蚊帳を飛び出してもどうすることもできないので、庭を箒《ほうき》で掃き始めたという。箒で掃くのは悪いものを外に掃き出すイメージがあったのかもしれない。

漱石が吐瀉したのは、コレラの感染ではなく、予防するために豆を食い過ぎ、水を飲み過ぎたためだった。「コレラではなかったが、この事があったために、先生は人間の父たるもののエゴイズムを知ったと話していた」という。自分が吐瀉したら、父親が庭に飛び出し、箒で掃き始めたのを見て、幼い漱石は人間の利己主義を知ったのである。守ってくれるはずの父親が自分自身を第一に考えて振る舞ったのに、子供ながら不信感を抱いたのだろう。芥川はコレラの流行期に、これを普遍的な問題と考えて書いたにちがいない。

そして、コレラの小説として思い出したのが、尾崎紅葉の『青葡萄』だった。実は、『青葡萄』は、結論を言えば、コレラではなかった。紅葉も漱石の父親もコレラではないかと勘違いしたが、吐瀉すればコレラだと思うくらい敏感になっていたことを表す。これは、コレラの診断が難しかったことを考えれば、決して笑えないことである。

芥川はスペイン風邪でこりごりしていたこともあってか、「僕はコレラでは死にたくはない。へどを吐いたり下痢をしたりする不風流な往生は厭《い》やである」と述べる。こうした芥川の言い方にはやはりエゴイズムを感じるので、彼が漱石の父親を批判するのは難しい。だが、わがままな言い分をそのまま書くのは作家らしいところで、漱石の父親を一概に非難できないことをよく認識していたにちがいない。

しかし、芥川はコレラが食物で伝染することをよく知っていた。そこで、煮たものばかり食ったり、塩酸リモナーデを飲んだり、悠々と予防を講じた。塩酸リモナーデとはレモン水のことで、コレラ菌は酸に弱いというので、これを飲んだ。そんな芥川は「臆病すぎる」と揶揄《やゆ》されたらしい。そうした批判に対して、「臆病は文明人のみの持っている美徳である」と反論した。未開人に対する文明人の優位性というのは差別的な感じを与える。だが、スペイン風邪で辞世の句まで詠んだ芥川がコレラの流行を目の前にして、紅葉の『青葡萄』を発見したのは、一つの功績だったと言っていい。

『青葡萄』――「人の仮初《かりそめ》に味《あじわ》いて、不測の病を獲《え》しに拠る」

芥川龍之介がコレラの小説として思い出したのは、尾崎紅葉の『青葡萄』だった。この小説は、コレラに感染していなかったが、コレラではないかとおびえる人間の心理が実にうまく書かれている。夏目漱石の父親ばかりでなく、これを書いた紅葉を無知であると笑うことはできない。

紅葉は漱石と同じ一八六七年に生まれた。後に述べる正岡子規も同じ年に生まれているので、この年に生まれた人たちが相次いで作家として出てきたことになる。だが、亡くなったのは一九〇三

（明治三六）年なので、まだ数え三七歳だった。紅葉の場合は感染症ではなく、胃癌であった。年齢からしておそらく進行性胃癌であろう。しかし、紅葉は二〇代半ばで文壇の大家になり、泉鏡花（一八七三〜一九三九）など多くの弟子を育てたのである。

この『青葡萄』は自分の弟子と家族を題材にした自伝的な小説であった。小説の家族は、祖父、祖母、妻、乳児、下女二人、弟子の春葉と秋葉の二人という構成であった。これは、実際に、紅葉は、妻の父・樺島玄周、母の樺島せん、妻の喜久、娘の藤枝子、下女二人、北田薄氷《うすらい》（一八七六〜一九〇〇）と小栗風葉（一八七五〜一九二六）の二人と同居していた。当時で言えば珍しくはない三世代同居で、そこに下女二人と小説家志望の内弟子二人がいたのである。

この『青葡萄』は、一八九五年、紅葉が数え二九歳のときに『読売新聞』に連載した新聞小説で、翌一八九六（明治二九）年に単行本『青葡萄』（春陽堂）になる。連載は続く予定だったが、途中で終わった。単行本の序文には、「此篇題して青葡萄というは、庭前に其物ありしを人の仮初《かりそめ》に味《あじわ》いて、不測の病を獲《え》しに拠るなり」と記した。題名は秋葉が庭に生えた青葡萄を食べて吐瀉したことに由来するが、後編を書かなかったので、オチがないままに小説は終わった。そこまで書いてしまうと、実は、庭の青葡萄を食べて吐瀉したのだという笑い話になってしまいかねない。むしろ、コレラではないかという疑念で終えたのはうまかったと言える。

小説の時間は、発表の年の一八九五年八月に設定しているように思われる。すでに述べたように、ちょうどこの年はコレラが流行していた。そうした時代背景はこの小説にリアリティーを与え、読者は他人事とは思えない気持ちでこれを読んだにちがいない。際物的な小説と見ることもできるが、それだけでは十分であるまい。

しかも、この小説は「自分」の視点で一人称で書かれている。「自分」は紅葉自身と重ねて読むことが可能な自伝的な小説になっている。文学史の上でこの小説は高い評価が与えられているわけではないが、芥川の年齢から見て、この小説を発刊時に読んだ可能性はなく、紅葉が亡くなってから読んだのだろう。だが、芥川がコレラの流行でこの小説を思い出したような読み方があってもいい。それは、災害が起こるたびに『方丈記』が思い出されるのと似ているかもしれない。

「密告でもされたら何《なに》と為《し》よう」

夕方、矢場で遊んで、洋食店で食事をしていると、弟子の春葉がやって来る。電話が普及しても、外出先に家から呼びに来るのは特別な事態があるとしか考えられない。春葉は弾む息の下から、「西木君の容体《ようだい》が宜《よろし》くございませんから、早速お帰りくださいまし」と言う。「西木君」とは弟子の西木秋葉のことである。二週間前から胃弱で薬を飲んでいたが、この二、三日は食が痞《つか》えるためお粥を食べて寝ていた。大丈夫だろうと思っていたが、外出先まで呼びに来たので、大騒ぎになる。

病気の激変として疑われるのは脚気衝心《かつけしようしん》と脳充血だったが、それは考えにくかった。「脚気衝心」は脚気に伴う急性の心臓障害、「脳充血」は脳溢血なので、どちらも循環器系の病気である。「容体が好くない」と呼びに来れば「死に瀕す」、「誰《たれ》大病直《すぐ》来い」と電報があれば「臨終の後《のち》に用いられる気安《きやすめ》文句に過ぎぬ」と想像する。秋葉は命が危ないのではないかと思い込んだのである。

自宅に戻って秋葉に尋ねると、「大《たい》したことはございません」と言うだけだった。異常はないが、頻りに喉《のど》の渇きを訴えて氷を求めた。「虎列拉《コレラ》患者が氷を好む」と聞いていたので、「若《も》や那《それ》の下地ではあるまいか」と心を痛める。秋葉が頻りに氷を食べたがるのはコレラ患者特有の症状ではないかと疑った。いろいろな疑念がコレラに結びついてゆくのである。

秋葉が水を吐く響きがけたたましく聞こえた。九時半頃になっていたが、庭を隔てたすぐ向かいの家はまだ起きていた。心配するのは「此音が聞《きこ》えはせぬか、聞えて、密告でもされたら何《なに》と為《しよ》う」であった。秋葉の嘔吐の音が響き、コレラ患者が出たらしいと密告されることを恐れた。実際にそういう例がいくらもあったらしく、コレラが蔓延しているので、隣近所の動向に敏感になっていたのである。

そして、「自分は伝染病者を隠蔽する如き卑怯の男ではない。ないが、吐いたばかりで虎列拉とは謂《い》われぬ、今一日手を尽して見たいものを、虎列拉と騒がれて、撿疫掛に踏込まれでもしたら、患者の神経を傷ませるのが、如何《いか》にも情無い」と続く。隠蔽する卑怯はないが、吐いたからコレラというわけではなく、もう一日待ってみようと考える。そこには、コレラ患者を家から出したくないという気持ちが強くあったはずである。

検疫掛はコレラ患者が発生するとやってきて検疫し、必要な場合には隔離消毒を行った。検疫掛に踏み込まれたら大変だと想像する一方で、弟子の神経を痛ませるのはかわいそうだとも思う。コレラ患者を出す世間体の悪さを、感染した弟子を哀れむ気持ちにすりかえることで、あくまでも自身の立場を正当化しようとするのである。

秋葉は心配させたくないので、「大した事はございません」と我慢するが、頻りに口にしたがったのは氷だった。薬を飲むだけでなく、葡萄酒が良いというので、飲む。葡萄酒は嗜好品ではなく、薬だった。秋葉は氷を食べ、薬を飲み、葡萄酒を飲んで凌《しの》いでいたのである。

「曖昧に腸胃加答児《カタル》と濁された方が、虚妄《うそ》でも嬉しい」

友達のK先生を呼びに行くと留守なので、往診を頼み、帰りに西洋食料店で葡萄酒を買って帰る。その途中で考えた心理が出てくるのは、やはり近代小説である。それは、「渠《かれ》のは虎列拉《コレラ》などと可忌《いまわ》しい名の附く症《もの》ではない、類似でも、疑似でもない。畢竟《つまり》腸胃加答児《カタル》の稍劇《ややはげし》いのである」とある。コレラではなく、腸や胃の炎症であってほしいのだ。

だが、「あのまま飲食が絶えて、明日にもなり、時候でも悪かったらば、或《あるい》は変症せぬとも限らぬ」と心配する。「変症」とは急に症状が変わることで、感染症が怖いのは症状が軽く見えても細菌やウイルスが広がり、病状が急変することだった。今夜が肝心なので、持ち直させたいと考えて葡萄酒を買って帰り、結局、親切の押し売りをする。

往診に来たK先生は、足や手をつまみ、顔を見る。これは体のむくみを診《み》ているらしい。氷が食べたいと言うので、春葉に氷を買いに行かせ、ブランデーやウィスキーがないかと尋ねる。葡萄酒と同様、こういった酒類は薬として考えられていたようである。春葉が三斤の氷を抱えて帰ってくる。氷屋に行って、一・八キロもの氷を買ってきたのである。

だが、秋葉は頻りにトイレに行く。診察後、K先生に患者がいないところで診断を尋ねると、「僕ならば、腸胃加答児と云うので、気遣は無いと思うけれども、時節柄ですから、如何《どう》です、最《もう》一人誰かに診せて下さいませんか」と答える。K先生の診断は腸胃カタルであるが、もう一人、立合医に診てもらうことを勧める。「時節柄」を根拠にするが、診断に自信がなく、立合医に責任を転嫁しようとしたのである。

それを薄情に思い、「多少の教育あるもの、幾分の理解あるものでも、類似虎列拉と断然《すっぱり》言われるよりは、曖昧に腸胃加答児と濁された方が、虚妄《うそ》でも嬉しい。それが人情《ひとごころ》である」と感じる。K先生のことは恨まなかったが、「避病院は人の生肝《いきぎも》を取る所と覚えたほどの素人ではなくとも、その無責任の治療と不深切の看護とは人を殺すに足るものと疑う素人であった」と考える。「避病院」とは伝染病を予防するために設置された隔離収容病院のこと。噂は否定しても、無責任の治療と不親切の看護では患者を殺すことになると認識したのである。

K先生が腸胃カタルと診断しながら立合医を勧めた背景には、コレラが流行しているという時節柄があっただけでなく、コレラを判断する検査法がなかったことが大きい。感染の有無を知るのに、皮膚、便の色、顔色、体温という素朴な診察術しかないのは科学とはいえなかった。そのような条件では、診断を下す自信がないのもわからなくはない。

実は、当時、「吐若《もし》くは瀉したら、即刻届出《とどけで》よ」というお達しがあり、医者が届出をしないと伝染病を隠蔽したことになり、罰金六〇円を支払わねばならなかった。話題になったのが肴町《さかなちょう》の魚又《うおまた》の件で、K先生はその家の見立てをしてすぐに届け出なかったので、罰金を払わなければならなかった。それがあるので、今回も罰金を取られるのではたまらないと考えたらしい。そこで、春葉をM先生のところに呼びに行かせる。

K先生は梯子の下に罎《びん》を提げて立ち、石炭酸で消毒し、患者が使った便所は誰も使ってはいけないと言う。腸胃カタルと言いながら、コレラを疑っている。「石炭酸」とはフェノールのことで、臭いが強いので、患者の秋葉が嗅ぎつけたら心を痛めると心配する。だが、K先生は、患者に触ったら、薄めた石炭酸で手を洗って消毒しなさいと念を押す。医者の発言からも、だんだんコレラだという感じになってゆくことになる。

「変症せぬとは限らぬで、いや変症しそうじゃて」

そこにM先生がやってきて、診察をする。このM先生は下戸であったが、火酒、つまりウィスキーを飲んでいた。ウィスキーは伝染の予防剤なので、無理に飲んで酩酊していたのである。さらに、M先生は素足で病室に出入するのを心配し、足の裏から伝染するのだから、脚部の消毒に注意しなさいと勧告した。M先生はかなり過敏になっていたことがわかる。

まったくの迷信のようなことを信じているのは笑止だが、これが当時のコレラに対する認識だったのである。ドイツの細菌学者・コッホがコレラ菌を発見したのは、この小説が書かれる一二年前だったが、日本では消毒は重視されても、十分な対処法も知らず、いろいろな噂が広まり、医者までもこのような助言を与えていたのである。

K先生は立合医としてM先生を呼んだが、決着がつかない。M先生は「撿疫医に診せた方が可《い》いでしょう」と勧め、さらに責任を転嫁する。K先生も「左《と》も右《かく》も撿疫医に診せたが可いかも知れません」と同意する。二人とも自信がなく、三番目の医者になる。無責任のように見えるが、そのくらいコレラの診断は難しかったのだろう。

時刻は一二時。一番気にしたのは下痢の色だった。コレラの下痢は白色になるが、秋葉の下痢の色は藍色《らんしょく》なので、大丈夫だと判断する。だが、秋葉はだいぶ弱ってきたので、とにかく検疫医を頼もうという話になり、医者が書いた届出を春葉が派出所に持っていく。

やってきた検疫医に「病院へ遣らなければならぬのですか」と聞くと、「遣った方が宜《よろし》いな」と答える。「然《しか》し、未だ類似と云うほどの徴候は無いのでございましょう」と聞くと、検疫医は「無いとは謂われん、私は首を傾げますな」と答える。彼も診断に自信がなかったようだ。「せめて明朝まで委《お》いて、様子を見たいと思いますが……」と言うと、検疫医は「そりゃ悪い。然《そ》云う姑息なことは為《せ》ぬ方が宜いな。誰も然云うことを言うで困る。早《はよ》う送院して、早う手当をしたが宜しい。ああして措いて変症したら如何《どう》なさる。変症せぬとは限らぬで、いや変症しそうじゃて。早う送院して手当をするが、相互《おたがい》の仕合《しあわせ》じゃ」と答える。心配なのが変症だったことは前にもあった。

K先生もM先生も検疫医もみんな早く病院へやることを勧める。医者たちは責任を逃れられ、患者自身にとっても一番いいという判断である。K先生は「全く段々様子が思わしくないから、いっそ送院したまえな。それに、君は自費療養と云うことを言っていたじゃありませんか。自費療養なら、取扱も善し、看護も十分に届くから、心配はありませんよ」と説得する。避病院とは違って、自費療養ならば、病院での取り扱いも良く、看護も行き届いていて、心配はないという。さらに、「どうも衰弱が段々劇《ひど》くなるようだから、注意しなければ可《よ》くないと思う」と言い添える。

検疫医も「自費療養なら猶宜いがな。それは私一箇人として勧める。姑息は悪い、大事の本《もと》じゃ。然《そ》うなさい。それが一番可《え》え」と言う。だが、「自分は木でも、石でも、鬼でも、蛇《じゃ》でもない、血と涙とを有《も》った人間である」と思う。さらに、「自分は鈍《おぞ》くも、送院と聞いて、さては渠《かれ》も此《これ》までの寿命か、と思った。――送院されるほどでは、十が七八まで命は亡《な》いもの、と理外に迷信していたのである。渠とても同じ迷信を懐《いだ》いているのであるから、猶更自分は金輪際まで言うに忍びなかった」と続く。

K先生も検疫医も、避病院ならば落胆するが、自費療養ならばそうならないと考えたが、「自分」にはそうした違いはなかった。病院へ行ったら七、八割はもうだめだと思われるので、秋葉に病院へ行くとは言えなかった。K先生も検疫医も病院へやることを勧めるのは、秋葉の体調が悪化しているので、変症したら大変だと考えるのは順当だった。だが、医者が揃って腸胃カタルだと断言する自信がなかったことを示す。

「伝染病を出した家の主《あるじ》、自分は立派な大罪人！」

医者が届出をすれば、警察署から検疫掛がやってくる。秋葉の嘔吐で怖れたのは、隣近所に噂が広まって、この家に検疫掛が来ることだった。検疫掛が来れば、避病院にしろ、自費療養にしろ、病院に連れて行かれる。だが、まったく劇症の腸胃カタルで伝染の虞《おそ》れがないのに、なぜ避病院へ送る必要があるのかという疑問に苦しむ。そこで「自分」が用意したのは次のような言葉だった。

お前は腸胃加答児《カタル》である。腸胃加答児と類似格列拉《コレラ》とは一紙の間《へだて》である、と医者は言う。間違うと変症する。変症したらば、治療し難いものになる。自分が送院しょうとする自費療養の特別室なるものは、既に格列拉と名の附いたものは入れるのを許さぬ所で、謂わば変症すべき傾《かた》向《むき》のある軽症の患者に限って、入院を許すのであるから、自宅療養は手の届かぬ所から、変症するようではならぬとの懸念で、誰も入院するのである。撿疫医が之を勧めもし、又之を許したと云うのは、お前が類似でも何でもないのを証明するに足る。から、心配せずに入院して、一日も早く全快して、苦痛を免《まぬか》れるが可《い》い。避病院と思うと理《わけ》が違うと。

この小説に多い「自分」の心理だが、これはその中でも長い。コレラならば避病院に入るが、自費療養ならば腸胃カタルで面倒を見てもらうことだという違いを説明する。秋葉を「お前」と呼んで納得させるように見えながら、自費療養で送院する自身の行為を合理化したいのである。だが、送院する自身を責め、厄介払いをするのは、まるで姨捨山《おばすてやま》のようだと喩える。「姨捨山」というのは六〇歳になった老人を山に捨てに行く習俗のことで、挿絵はその様子を入れる。それは、大事な弟子を見捨てようとする罪悪感を示す。

そうしているうちに、門が開いて濁声《だみごえ》が聞こえ、巡査が入ってくる。巡査ににらまれてにらみ返す。そのときの心理も長く、「自分は侮辱された、自分は賤《いやし》められた！　噫《あゝ》、然し、侮辱されるのも賤まれるのも無理は無い。思えば自分は罪人である。自分が巡査を忌むよりも数十倍《すじゅうばい》近所から忌《いみ》嫌われる大罪人であるのである。世間の迷惑になるのみか、政府に手数を掛ける伝染病を出した家の主《あるじ》、自分は立派な大罪人！」とある。

コレラ患者を出した家の主人なので、巡査ににらまれ、近所から嫌われ、政府に手数を掛けるのは「大罪人」であるという認識である。一家の主人という家父長としての立場が、世間や政府の下部に位置づけられる構造が見えてくる。感染症は個人の病気ではすまず、社会性を帯びて監視の視線に曝されることになる。

一方、巡査は門を出て、井戸の検分に行く。明治の中頃、東京の牛込辺りでも井戸を使っていた。夏目漱石は娘が赤痢にかかると、井戸を止めて水道を引いたことが思い出される。井戸から感染症が広まるという認識があったので、巡査はまず井戸を見に行くのである。井戸際の下宿屋を呼び出し、「此井戸の水を汲むことはならぬ」と厳達する声が聞こえたので、この家からコレラ患者が出たという噂は一挙に広まったにちがいない。

先般買ってきた大量の氷がなくなったので、春葉が氷を買いに行こうとするが、巡査に外出を禁じられ、「自分」は秋葉に「水で辛抱をせよ」と諭した。しかし、それが秋葉の「末期《まつご》の水になるのではあるまいか」と考える。

「病人に接近していたのは何方《どなた》です」

胸が張り裂けるように感じてそこにいられなかったので、庭に出ると二名の巡査が立ち話をしていたが、「自分」の足音がすると頭《かしら》を回《めぐら》してつくづくと「自分」を見る。やはり、巡査の視線が体がすくむほど怖いので、二階へ駆け上がる。西向きの欄《てすり》から見下ろすと、警部と巡査が特務の検疫掛二名として入ってくる。「仏蘭西厨夫《フランスコック》の上衣《うわぎ》に似た飄揚《ふわふわ》したもの」を「検疫衣」と呼んでいるので、今で言う防護服に相当する。ここからは医療ではなく、警察の管轄に入っていることになる。

この家の主として応接に出ずにもいられないので、二階から下りると、何時《いつ》の間にか梅の樹下《このもと》に釣台が来ていた。「釣台」というのは患者を乗せて運ぶ板のこと。そして、荷車二台、四斗樽二つ、手桶、蒲簀《かます》、鍬、消毒器の数々を挽き込み、巡査三名、撿疫掛二名、釣台の人足三名、消毒掛の人足三名、運搬夫一名、総勢一二人となった。撿疫掛が家に来るというのは、こういう物々しいことだったのだ。

それを見て不快の念を抱き、「ある宝を懐にしている身が賊の重囲《ちょうい》の中に陥《お》ちたように胸が轟いた」と表した。この宝とは秋葉を指す。だが、三五、六歳の警部は慇懃に挨拶するので、恐怖が薄れる。「渠《かれ》は自分を罪人として取扱わなかったのみならず、自分の不幸を憐むように見えたので、余りの嬉しさに、自分は陰《ひそか》に警部の顔を浸々《しみじみ》と視たのである」と安堵する。罪悪感から解放された「自分」は、反対に自ら視線を送ったのである。だが、こうした事態は何の客観性も持たず、一方的な心理劇にすぎない。

警察官が家に来ること自体、普通のことではないが、コレラ患者が家族から出たのは可哀想だという視線で見てくれた。この警部が「病人に接近していたのは何方《どなた》です」と聞くので、「私と書生で」と答える。患者に濃厚接触していたのは「自分」と春葉だけで、家族は秋葉に近づかなかった。これも一連の検疫だったにちがいない。

秋葉が釣台に乗せられて行くので、「早く帰って来いよ」と言うと、秋葉は「行って参ります」と答える。そのとき、警部から、「自費療養には、是非御宅から人が附かなくては可《い》けません」と言われる。自費療養と言いながら、実際にはコレラ患者の隔離に相当したためか、こうした決まりがあったことが知られる。女弟子である春葉に付き添わせ、それを見送る、という場面でこの小説は終わる。

この『青葡萄』には、当初は後半がある予定だったが、ここで終わり、読者は秋葉はこの後どうなったのだろうと想像をたくましくすることになる。師匠である「自分」が弟子の体と心を案じ、弟子の方でも師匠に心配を掛けたくないと思っている。この小説は、コレラの小説であるだけでなく、師匠と弟子の愛情物語として終わるのである。

後半が書かれれば、秋葉が自費療養をして、実はコレラではなく、青葡萄を食べたために吐瀉したという展開になったはずである。そのことは単行本の序文で十分想像することができる。だが、ここで終わったことによって、芥川龍之介がコレラの小説として読んだこともよく納得される。紅葉が後半を書かず、誰もが不安なままに投げ出されるのは、なかなかうまい終わり方になったと言っていい。

だが、コレラでなかったにせよ、患者の診察や治療だけでなく、コレラ患者を出した家が隣近所から冷たく見られ、政府に重い負担を掛けた様子が実にうまく書かれている。コレラが細菌による感染症であることがわからず、診断法も治療法も確立していない中で、K先生、立合医のM先生、検疫医もみな正確な診断が下せないままに責任を転嫁し、最後は検疫掛が送院することになる。

この小説を通して、嘔吐と下痢を繰り返す患者が出れば、時節柄、コレラだと認定してゆく当時のシステムと人々の心理がよく伝わる。こういう小説でなければ、私たちはコレラがどのように認識されていたのかを知ることは難しい。コレラの流行を目の当たりにして、漱石の話を思い出し、芥川がコレラの小説として『青葡萄』を挙げて、人々の意識を喚起したのは、その利己主義を脇に置いても、高く評価していいことだと思われる。

おとなりの子は賽の河原で石を積んでいる
――小泉八雲「コレラ流行期に」

「こんどの戦争で、シナの一ばん大きな味方がある」

小泉八雲（一八五〇〜一九〇四）は一八九〇（明治二三）年に日本に来て、島根県松江の尋常中学校、熊本県の第五高等中学校に勤めた。一八九四（明治二七）年一一月、神戸クロニクル社の招きに応じて神戸に移住し、再びジャーナリストとしての生活を始めた。折から日本は清国との戦争に入っていた。神戸での生活は、東京帝国大学に勤める一八九六（明治二九）年八月まで二年近く続いた。

日本は日清戦争に勝利したが、八雲は日本の卑俗な欧化に対して批判的で、神戸ではすべてが不愉快に感じられた。そうした印象をまとめた"Kokoro"（『心』）が一八九六年三月に発行された。その中に、神戸の外国人居留地での見聞を書いた「コレラ流行期に」が含まれる。ちょうどこの時期、日本は二年から四年に一度コレラが流行していた。この文章は二節からなり、第一節が一八九五（明治二八）年夏のコレラの感染を書いている。

やや唐突に、「こんどの戦争で、シナの一ばん大きな味方がある」と始まる。日本と敵対した清国の一番の味方とは、実はコレラのことを指す。コレラを擬人化して、こいつは耳が聞こえず目も見えず、条約も和平も知らないの一点張りで押し通している。日本軍の帰還兵の後を追って戦勝国へずかずか乗り込んで、この暑い最中《さなか》に三万人を殺したという。日清戦争は終結したが、コレラが猛威を振るっていたのである。

この人殺しは今も続き、焼場の煙は絶えなかった。どうかすると、その煙と嫌な臭いが風の吹く方向によって、この町（神戸を指す）の後方にある小高い丘から家の庭まで降りて来ることがあった。その火葬の臭いが鼻に来ると、「そうそう、おとなの焼き賃が八十銭だったっけな」と、思い出さなくてもいいことまで思い出した。コレラで亡くなった人の遺体を毎日のように火葬した煙と臭いが、風向きによって漂ってきたのである。興味深いのは、大人の火葬料が八〇銭だったと書いていることだ。少し後に、子供は半額の四〇銭だと書いている。

八雲が住んだ山手の住宅の二階からは、神戸の町の通りが下の方の港の辺りまで見渡せた。通りの両側には小さな商家が軒を並べているが、ついこの間から、この町筋の方々の家からコレラ患者が病院へ運ばれて行くのを目にするようになった。今朝は瀬戸物屋の主人だった。家人が涙を流して泣くのもかまわず、主人は連れて行かれた。

衛生法では、コレラ患者を自宅で療養させることは禁じられていた。だが、町民は罰金や体罰を受けても、患者を隠蔽しようと努力した。避病院は患者で満員の上、病人の扱いが乱暴で、身内の者からまったく隔離されてしまうからだった。ところが、警官はすぐに無届けの患者を捜し出し、担架と人夫を連れてやって来る。避病院の扱いや警官の態度は、尾崎紅葉の『青葡萄』にも詳しかった。

残酷だが、衛生法は感染の拡大をくいとめるものだった。瀬戸物屋のおかみさんは跡を追って行ったが、警官になだめられて、主人のいなくなった店へ追い返されてきた。店は大戸が下ろしてあるが、今の主人の手でこの店が開けられることはあるまいと想像した。八雲は残酷な衛生法は仕方がないものと考えた。そして、避病院に隔離された主人が生きて帰ることはないと見ていた。

だが、感染の悲劇は、始まるのも早いが、終わるのもまた早かった。お上《かみ》の許しが下りるとすぐに、遺族は思い出深い世帯を畳んで姿を消してしまった。物売りは空家の前をいつもの売り声で通る。宗教者はいつものようにお経を読みながら通る。按摩は笛を吹いて通る。夜廻りは金棒を鳴らして行く。飴屋の男の子は女の子みたいな哀れな涼しい声で、太鼓をたたきながら恋の歌を歌って行く。町の生活はなんの変わったこともなかったように営まれてゆく。

八雲は、コレラの感染で落ち着かない毎日を過ごしていたが、人や店がなくなった欠落を埋めるかのように日常が回復してゆくことを確認している。どんなに悲惨な出来事があっても、世の中には回復する力があることを確信しているようである。「あなたとわたしは一緒」で始まる飴屋の男の子の恋の歌を三首引くが、それは回復を象徴している。その三首めは次のような歌だった。

「あなたとわたしは一緒……わたしは電信技手、あなたは便りを待つ人。わたしが胸の思いを送ると、あなたはそれを受けとる。今じゃ電信柱が倒れようと、電線が切れようと、何の案じもあるものか。

「これがあたしのいまわの願いです」

だが、子供たちが鬼ごっこをしたり、歌を歌って踊ったり、蜻蛉《とんぼ》を糸に結び付けたり、軍歌を歌ったりして遊ぶ様子から、八雲の視線は再びコレラに戻る。

大人に対して、子供を火葬する費用はたった四〇銭だった。二、三日前に近所の子供が一人焼かれた。その子がいつも転がして遊んでいた小さな石が今でもそのままになって転がっていた。八雲は言う、「……子どもが石を愛するというのは、まことにおもしろいことだ。貧乏人の子どもにかぎらず、どこの子どもでも、ある年ごろになると、たいていのものが、石をおもちゃにする。ほかにどんな玩具があっても、日本の子どもは、よく石で遊ぶ。石というものは、子どもごころに、じつに不思議なものなのだ」と。

石には無限の謎と驚異があるので、子供が不思議がるのは無理もない。馬鹿な大人が「なんだ、そんな下らないもの」と言いさえしなければ、子供は飽きることもなく、その石の中に絶えず新しいものを発見してゆく。八雲はそこから石と子供を結び付けて、次のように言う。

民間信仰によると、おとなりの愛児は、いまごろは賽《さい》の河原《かわら》で、一生けんめいに石を積んでいる頃だろう。——きっと、冥途《よみじ》では物に影のないことを不審に思いながら。この賽の河原の伝説の中に含まれている、偽りない詩情は、その根本観念がまったく自然であるという点、つまり、日本の子どもたちが、だれでもみな石を弄《もてあそ》ぶという、この石遊びの遊戯を、冥途の世界でもつづけているという点にあるようである。

八雲は、隣の子供はいつも石で遊んでいたが、コレラで亡くなって冥途に行った後も、やはり石を積んでいるだろうと想像する。それは、日本の民間信仰には賽の河原の伝説があって、死んだ子供が石を積むと信じられているからだ。子供の遊びと民間信仰をつなげて考えることは、後に柳田国男（一八七五〜一九六二）が「地蔵あそび」（『こども風土記』朝日新聞社、一九四二年）などで展開することだが、ここにはその先例があると言っていい。

第二節はコレラからやや離れるように見えるが、やはり流行期の出来事に触れる。竹の天秤棒の両端に大きな箱を下げた羅宇屋《らうや》が、この辺を回ってきた。「羅宇屋」というのは煙管《きせる》の竹管を取り替える職人である。片方の箱は道具だったが、片方の箱には赤ん坊が入っていた。その子の玩具の中に位牌によく似たものがあった。

ところが、最近、羅宇屋は天秤棒をやめて、手車を押してやって来るようになった。子供が大きくなって不便になったので、わざわざこしらえたものらしい。だが、手車になってから、位牌のようなものは一段高い所に立ててあったので、「ははあ、なるほど、あの札は、あれはやっぱりほんとの位牌なんだな」という確信を持った。今度は戒名も見えた。そこで八雲は下男の万右衛門に言いつけて、羅宇屋を呼び止めた。

例の位牌をよく見ると、それは真宗の位牌で、女の戒名が書いてあった。万右衛門が翻訳してくれたのによると、「極楽の御殿で敬まわれて高い位に昇《のぼ》された女。明治二十八年三月三十一日」という意味だった。女は亡くなったばかりだった。

羅宇屋は万右衛門の問いに答えて、身の上話をした。それによると、この子が生まれて二カ月目におかみさんは亡くなった。いまわの際に、こう言ったという。


あたしが死んだら、丸三年のあいだは、お願いだから、どうぞこの子を、わたしの魂といっしょに、離れずに置いといて下さいね。あたしのお位牌のそばから、この子を離さないで下さいよ。あたし、そうすれば、この子は自分で手塩にかけて、お乳を呑ませてやりますわ。——おまえさんも知っての通り、子どもは三年の間は、お乳をつけておいてやるものですからね。これがあたしのいまわの願いです。ねえ、きっと忘れないでおくんなさいよ。


だが、妻に死なれてみると働くこともならず、赤ん坊の面倒もあるので、羅宇屋になったのであった。牛乳は買えなかったので、重湯と水飴で育てたという。

水飴で育てたということからわかるように、八雲が思い起こしていたのは、昔話の「子育て幽霊」だっただろう。八雲は松江の大雄寺《だいおうじ》に伝わる怪談を「水飴を買う女」として書いていた。死んだ母親が水飴で子育てをするというのは、単なる話ではなく、本当にあることなのだと確信したにちがいない。

「おかみさんは病のあげく」とあるので、コレラが原因で死んだわけではない。おそらく産後の肥立ちが悪くて、亡くなったにちがいない。だが、八雲の中ではやはり、コレラが流行して多くの人が亡くなってゆく世相の中で、この出来事を結び付けて考えていたのである。

子規がとったソーシャルディスタンス――「消息」と『病牀六尺』

亡国の病・結核

感染症として日本で持続的な疾病になったのは結核である。戦後まもなく抗結核剤のストレプトマイシンのような薬ができて、それで抑えられる病気になったが、それまでは「国民病」「亡国病」と言われるほどこの国に大きな影響を与えた。現在でも時折感染が起こることがあり、終息しているわけではないが、X線写真による早期発見と抗結核剤の開発によって、死亡するリスクは回避できるようになった。

結核は紀元前五〇〇〇年頃の人骨に見つかるという説もあるので、コレラやペストより古く、人類が長く付き合ってきた感染症である。アリストテレスは結核が空気感染すると唱えたが、一般には感染ではなく、遺伝や環境が原因ではないかと考えられてきた。その原因が突き止められたのは新しく、一八八二年にドイツの細菌学者・コッホ（一八四三～一九一〇）が結核菌を発見したことによる。コッホに最新の細菌学を学んだのは森鷗外（一八六二～一九二二）だった。

従って、一九世紀末までこの病気の原因はわからなかった。ここで取り上げる正岡子規は、一八八九（明治二二）年、二二歳で二度目の喀血《かっけつ》（血を吐くこと）をしたとき、叔父に「小家父上抔《など》に肺病之《の》すじ有之候哉　御報奉願候」という手紙を出しているので、この時点では遺伝によるものと認識していた。その後、コッホの学説が入ってきて、かなり勉強したらしく、病状の進行を抑え、感染を拡大しないためのライフスタイルの構築に努めている。

この結核は、近代になってからヨーロッパで急速に感染が拡大した。重要なのは、一九世紀、産業革命の進展と軌を一に流行したことである。工業化によって人々が農村から都市に集中し、工場ができると、そこが結核を広める温床になった。工場労働者の生活条件や衛生状態が悪かったことが原因になった。

日本においても同様で、文明開化によって農業から工業に社会構造が転換し、明治時代から徐々に結核の感染者が増えていった。よく知られるのは、細井和喜蔵の『女工哀史』（改造社、一九二五年）で、繊維工場で働く女工たちが労働環境が劣悪なために結核に感染してゆく様子を追って書かれた。これを読むと、私たちが知っているような、女工が肺を病んで農家に帰ってきて、青白い顔をして軒先で休んでいるイメージができあがってゆく。

結核は、明治時代・大正時代には死因の上位だったが、昭和時代になってから戦後まで死因の第一位を占めた。結核は、まさに「国民病」「亡国病」だった。やがてストレプトマイシンのような抗結核剤が普及して、やっと克服された。そうした薬ができるまでは治療が難しく、原因は結核菌だとわかっても、治療法がなかった。その間に多くの人が亡くなり、作家では、樋口一葉（一八七二～九六）は二四歳、石川啄木（一八八六～一九一二）は二六歳、宮沢賢治（一八九六～一九三三）は三七歳だった。

優れた作家たちが結核で若い命を落とした。その中の一人、正岡子規は三四歳だった。はかない人生だったと言ってしまえばそれまでだが、二一歳で初めて喀血して、その後、骨に転移して脊椎カリエスにもなって重症化したにもかかわらず、一三年余りの命をつなぐことができたのである。その理由がなんだったのかを考えてみたい。

みずから用意した墓碑銘――「享年三十□月給四十円」

正岡子規は、一八六七（慶応三）年に生まれ、亡くなったのは一九〇二（明治三五）年、三五歳の誕生日前日だったので、満年齢では三四歳だった。一八九二（明治二五）年に根岸に転居し、ここを拠点に俳句と短歌の革新運動を行った。

子規が根岸に転居したのは、日本新聞社社長・陸羯南《くがかつなん》（一八五七～一九〇七）が住んでいたからであった。陸は津軽藩士の子で、子規を社員として迎え、その生涯を支えた。根岸は山の手台地から下町に下りた崖の下に広がる。その境界に山手線が通り、鶯谷駅が近い。子規庵は戦災で焼失するが、一九五一（昭和二六）年に復興した。

鶯谷はその名のとおり鶯の鳴き声がよく聞こえたというが、汽車の音がうるさく、鳴き声は聞こえなかった。必ずしも落ち着いた環境ではなかったが、その喧噪が新しい文学を創造する土台になった。根岸の北にあるのが田端で、後に室生犀星（一八八九～一九六二）や芥川龍之介（一八九二～

一九二七）らが暮らした。

一八九八（明治三一）年、子規が弟子の河東碧梧桐（一八七三〜一九三七）の兄・銓《せん》にあてた手紙の中に墓碑銘が同封されていた。三〇歳のとき、自分の墓に書く墓碑銘を用意していたのである。残酷な現実認識だが、そこには次のようにある。

正岡常規又ノ名ハ処之助又ノ名ハ升
又ノ名ハ子規又ノ名ハ獺祭書屋主人
又ノ名ハ竹ノ里人伊予松山ニ生レ東
京根岸ニ住ス父隼太松山藩御
馬廻加番タリ卒ス母大原氏ニ養
ハル日本新聞社員タリ明治三十□年
□月□日没ス享年三十□月給四十円

本名は「常規《つねのり》」、幼名は「処之助《ところのすけ》」、四、五歳頃に「升《のぼる》」と改めた。それで友達は「ノボさん」と呼んだ。升という名前から、ベースボールを「野球《のボール》」とも呼んだ。子規が夢中になったのが野球だったことはよく知られる。

二二歳で二度目の喀血をしたとき、ホトトギスは口が赤いので、「鳴いて血を吐くホトトギス」と言われ、俳人としては「子規」を名乗った。覚悟の自己認識であろう。「獺祭」はカワウソが捕った魚を食べる前に並べて祭る習性があることから、詩文を作るのに多くの書物を並べることをいう。子規庵には書物が積まれていたので、学者としては「獺祭書屋主人」を名乗った。鶯谷は呉竹《くれたけ》が有名だったので、歌人としては「竹ノ里人」を使った。子規の俳号が有名だが、三つのペンネームを使い分けたのである。

子規は四国の松山藩の下級藩士の家に生まれたが、父の隼太常尚は早く亡くなった。母の八重は藩の儒者・大原観山有恒の長女で、長生きをした。この墓碑銘に妹の律の名前は見えないが、母と妹が子規庵で最期を看取った。妹の律は二回離婚した後は子規の世話をして、没後は子規庵を守り、兄の業績を後世に伝えるのに尽力した。

子規は日本新聞社に雇われ、原稿を書くことで生計を立てた。最後に「月給四十円」とあるのはその俸給であり、決して高額ではなかったが、この金額があれば家族を松山から迎えて養っていけると考えた。月給によって経済的な基盤を確保して、比較的安定した生活を維持することができた。この収入は朝昼晩の食事代になり、食べることで命を支えたのである。

驚くのは、「明治三十」の後の年月日が□であり、享年も「三十」の後が□になっていることである。これは死んだ後で数字を入れてくれと頼んだのだが、一〇年は生きられないと考えていたことがわかる。脊椎カリエスで骨に結核菌が転移し、背中や尻に穴が開くので、律は毎朝繃帯を取り替えていた。そのときに子規は悲鳴を上げ、体に穴が開くのを見て驚いたという。恐るべき死の準備だが、こうした病苦の状況から見れば理解できなくもない。

子規の没後、田端の大龍寺に墓が建てられ、その横にはこの墓碑銘がある。

「余ハ右ノ肱ヲ枕ノ上ニ托シテ半身ヲ蒲団ノ外ニ出シ居リ」

一九〇〇（明治三三）年、亡くなる二年半前に赤石定蔵が撮った写真がある。病床の写真は子規の生活や人生を考える上で重要だ。病間と呼ぶ六畳の部屋があり、子規はここに寝ていた。この写真には、次のような子規の添え書きがある。

明治卅三年四月五日赤石定蔵氏ノ撮影スル所
余ハ右ノ肱ヲ枕ノ上ニ托シテ半身ヲ蒲団ノ外ニ出シ居リ
枕元ニアルハ俳稿歌稿「我病」ノ原稿也
柱ニカ、レルハ簑
白瓶ニ活ケタルハ桜ノ蕾
桜ノ上ニ少シ見エタルハ支那製ノ団扇
枕ノスグ前ニアルハ国分寺瓦ノ硯

病床の正岡子規［『新潮日本文学アルバム21　正岡子規』（新潮社、1986年）より］

部屋は散らかり、子規は無精ひげを生やして鋭い眼光でカメラを見ている。枕に右肘を突いて上体を支えるが、この後は「仰臥」になる。俳句の原稿と和歌の原稿と一緒にある「我病」は従軍記者として日清戦争に行って喀血したことを書いた小説である。後ろに掛かるのは蓑で、その上には笠もあるはずである。若いときの旅で使った蓑と笠を掛けていた。左側に白い瓶があり、四月五日なので、蕾の桜が活けられている。その上には支那製の絹の団扇があるはずだが、よく見えない。右肘の前には国分寺瓦があり、硯代わりに使っていた。

自分を撮った写真に思いがけずいろいろな物が写り込んでいたことに驚き、そのことを添え書きで説明したのである。この様子を詠んだ歌に、「病む我を写す写真に床のへの瓶にさしたる桜写りぬ」がある。病気になって伏す自分を写した写真に、床の脇の白い瓶にさした桜が思わず写っているのに驚いた、という意味になる。鏡にもそういうところがあるが、写真が自身を客観視する仲立ちになったのである。

子規庵の平面図を見ると、病間の西側に八畳の客間と床の間がある。南側にはかなり広い庭があり、糸瓜《へちま》などいろいろな植物が植えられている。晩年の子規が描いた写生画の草花は庭に植えた草花を描いたのである。俳句には季語が必要で、重要な対象に草花があるので、かなり意図的に造られた庭であり、その植物を詠んだ俳句や短歌は数多い。

「例月根岸子規庵に於る句会の意気常に沖天の概を示せり」

弟子の画家・下村為山（牛伴、一八六五〜一九四九）の描いた子規庵の画がある。これは子規が亡

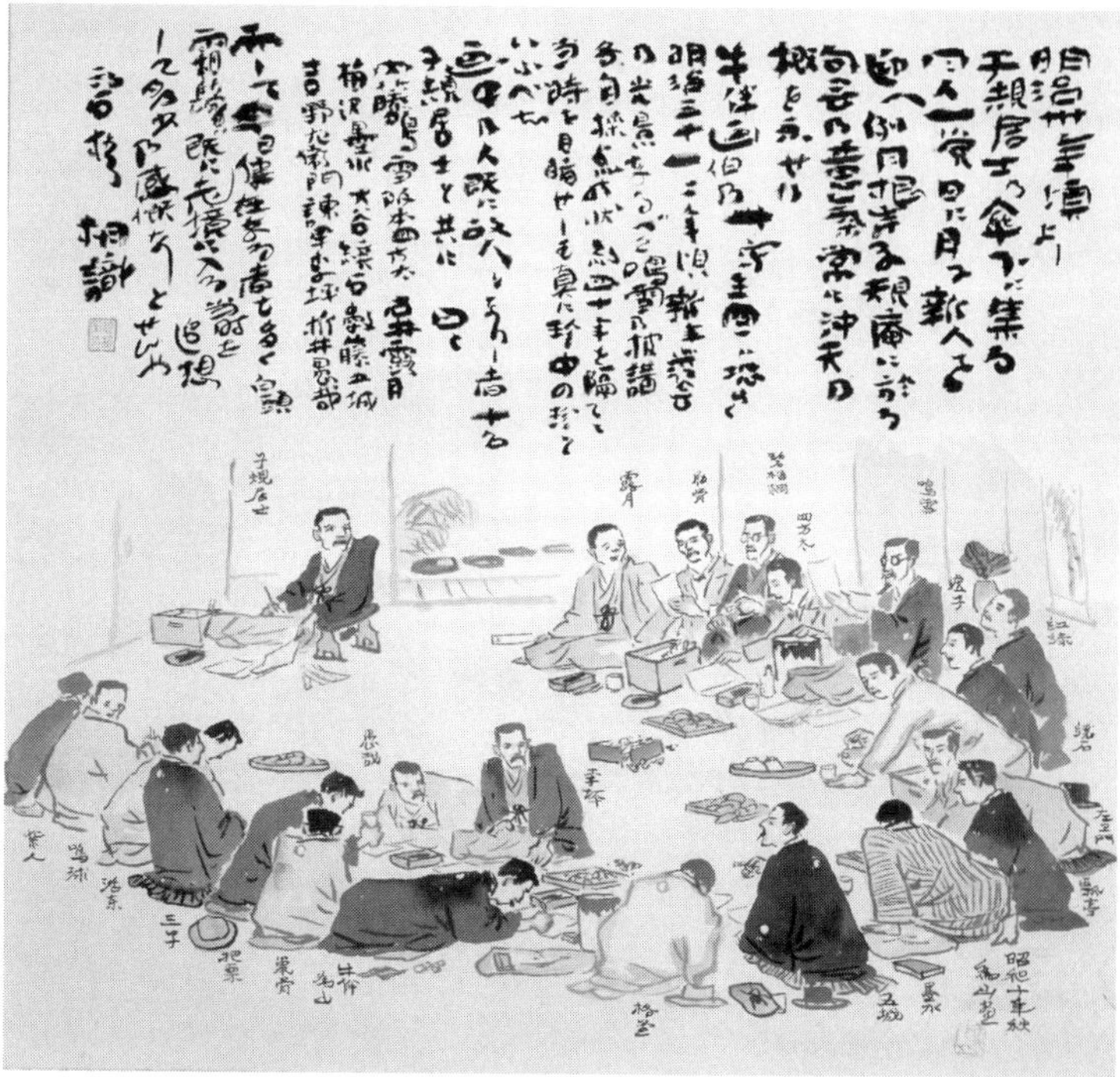

下村為山画／河東碧梧桐賛「俳句革新記念子規庵句会写生図」［松山市立子規記念博物館所蔵］

くなって三三年後の一九三五（昭和一〇）年の秋の作品で、正月の句会の様子である。一人一人の名前が入っているので、人物はそれぞれの特徴をよく示しているはずである。賛は碧梧桐が次のように書いている。

明治卅年頃より
子規居士の傘下に集る
同人一党日に日に新人を
迎へ例月根岸子規庵に於る
句会の意気常に沖天の
概を示せり
牛伴画伯の此写生図は恐らく
明治三十一二年頃新年発会
の光景なるべく鳴雪の披講
各自採点の状約四十年を隔てゝ
当時を目睹せしむ真に珍中の珍と
いふべし
画中の人既に故人となりし者十名
子規居士と共に　曰く

内藤鳴雪　阪本四方太　石井露月
梅沢墨水　大谷繞石　数藤五城
吉野左衛門　諫早李坪　折井愚哉
而して今日健在なる者も多く白頭
霜鬢既に老境に入る当時を追想
して多少の感慨なしとせんや
碧梧桐識

脇息に寄りかかる子規は筆を持ち、硯を置く。正月で寒いはずだが、窓を開けてあり、庭の敷石が見える。密閉を避け、換気をしているにちがいない。子規からは一定の距離を取るように人々が座る。明らかに密接を避けている。八畳の客間なので、残念ながら密集は避けられないが、子規の側には密集していない。まさにソーシャルディスタンス、「3密」を避ける感染予防策が取られているのである。

参会者は子規の他に二二人、全員男性である。元々の弟子は高浜虚子（一八七四〜一九五九）や河東碧梧桐のような松山出身者だったが、子規を慕って集まる人々がだんだん増えた。子規は人々がやってくることを拒まなかった。新人たちを迎えて毎月句会を開き、その意気込みは空高く天にも昇るような様子だった。「明治三十一二年頃」の、子規の新年句会を思い出して描いたのである。この画はかなり正確に描かれていて、翌年になると、先ほどの写真のように上体を起こすのがやっとになるが、この頃は座ることができた。

これは「鳴雪の披講／各自採点の状」とあり、年長者の重鎮・内藤鳴雪（一八四七〜一九二六）が句を披露するのを各自が採点している場面になる。それを約四〇年経って、当時を目の前に見るかのように描いたので、碧梧桐は「珍中の珍」と評価した。二三名のうち既に亡くなった者は、子規を入れて一〇名いるとして、名前を挙げた。子規没後もその後の消息を把握しているのは一門の絆を示す。一方、今も健在な者も多いが、髪も鬢も白く、既に老境に入っていた。少なからぬ感慨を催したと碧梧桐は書いている。

この画からは、結核患者の子規が「3密」を意識しながら門人と濃密な関係を構築していた様子がうかがえる。子規は結核という感染症を抱えても、決して孤立して生きようとはしなかった。こうした関係によって、近代の俳句と短歌の革新を力強く実行したのである。これは今、改めて振り返りたいモデルではないか。

「筆の穂を噛《か》む事も禁じ居候」

子規が一九〇〇年の新春、新聞『日本』に書いた「消息」という書簡体の文章がある。これを為山の画を念頭に置きながら読んでみる。時期で言うと、右肘を突いて上体を起こした写真を撮る少し前にあたる。

子規は病室から一歩も出ないので、東京の新年がわからない。しかし、病室の新年には挨拶の人々が賑わうほどだった。子規は結核患者だったが、人々はそれを認識しつつ交際を続け、子規を淋しくさせなかった。「病室」という言葉が出たのを契機に、肺結核について書くことにしたという。子規が何を訴えようとしたのか、追ってみる。

肺病（肺結核）の原因は遺伝でも環境でもなく、感染であることは世間の常識になった。しかも、私（子規）自身が肺結核患者であることは衆知の事実である。感染は結核菌の媒介により、結核菌は患者の喀痰（吐いた痰）の中に含まれる。感染を防ぐには喀痰の消毒が第一だが、唾液にも結核菌があるとされる。唾液そのものに黴菌《ばいきん》（結核菌のこと）はないが、喀痰の通路にあるので、黴菌が混入する。喀痰の消毒だけでなく、唾液の消毒も必要になる。だが、吐き出した唾液の消毒はできても、口の中の唾液の消毒はできない。

では、どうしたらよいか。子規はこのように対応した。

肺患者の唾液の附著する者は食器を第一とすれども寝具衣服其他身辺に触るゝ器具（患者の肢体は勿論の事）は皆黴菌の附著し居る者と認定せざるべからざる次第に相成候。是に於て食器其他の器具の消毒甚だ必要に相成候えども毎日二度も三度も用いる食器を其都度一々消毒する事は普通の家に於て出来難く、縦《よ》し消毒するとしても其消毒の完全なりや否やも保証し難きに付き、最安全の方法として兎に角患者の食器其他の器具を他人の物と別にする事を医師は命令致候。又来訪者に対しては、肺患者の手の触れたる食物は勿論、総《すべ》て肺患者の家にて出されたる食物を食うべからずと医師は命令致候。これ最も安全に候。

結核菌の唾液は食器のほかに、寝具・衣服、その他身に触れる器具、そして、患者自身の身体など、あらゆるところに付着し得る。従って、食器や寝具や衣服など身の周りの物の消毒が大切だ。だが、毎日朝昼晩と食べるので、食器をいちいち消毒することは普通の家では困難で、消毒しても完全かどうかは保証ができない。そこで、患者の食器その他の器具を他人の物と別にすることを医師は命令する。そこで、子規と母の八重、妹の律と食器を別にした。これが最も安全な方法だった。

かつて肺結核は遺伝病とされていたが、当時すでに伝染病（感染症）であることがわかっていたので、患者の子をその親に接近させないようになった。遺伝病ならば家族が接近することに支障はなかったが、感染症ということになると、親子であっても感染の危険があるので、接近は許されない。子規はそれを「残酷なる事」と述べた。

肺結核の母親は自分の病気を知らず、子に父親や祖母は「母様はキーキが悪いから側へ往《いっ》てはいけないよ、母様の側のお菓子をたべろといわれてもたべてはいけないよ」と言い聞かせる。「キーキ」というのは体の調子を表す幼児語である。だが、母親はその子の顔を見ると、「坊や母さんの処へおいで、善い物をあげるから」と言って、菓子をみせびらかす。子は叱られても菓子を受け取って口に入れようとするので、側にいる者がもぎ取ると泣き出し、母親は機嫌の悪い顔をする。そのような「悲劇」がしばしば起きている。殊に、母親が無量の愛を注ぐ接吻《せっぷん》（キスのこと）は最も厳禁される行為である。

また、子規庵の来客の中には、肺結核を少しも念頭に置かず、「肺病も俳病も同じ事だ」としゃれこみ、菓子でも飯でも食べる人がいる一方で、何一つ飲みも食いもしない人もたくさんいる。後者の中には、遠慮している人が八割から九割いるが、病毒を怖れている人も一割から二割いるだろうと推察する。これは子規の憶測にすぎないが、飲みも食べもしない人がどんな理由でそうするのかを考えている。

だが子規は、肺結核が伝染病だと決まっている以上は、病毒を怖れる人のためにも怖れない人のためにも消毒の模様を知らせたいと述べる。個人的な事情を知らせるというのは、購読者に限定されているにせよ、新聞で公然と知らせるほどに子規は文壇の中心にいたのであろう。子規は自分の存在の公共性を考え、消毒の詳細をしっかり知らせたいと考えたのである。

第一は、喀痰を石炭酸（フェノール）等で消毒すること。第二は、患者即ち私（子規）の食器を別にすることはもちろん、来客に出す器具と別にするだけではなく、家族（母親の八重、妹の律）の器具とも別にし、食器に付属する物も一切を別にした。付属する器具とは、膳、盆、食器を洗う桶、食器を拭う布巾などを指す。茶碗、皿の類いは時々煮沸した。子規が食べ残しても、それを誰かが食べたりせず、みな捨てた。感染のリスクは食事が大きいと考え、細心の注意を払ったことがわかる。

子規の感染予防には、さらに細心の注意が払われていた。

衣類寝具も別に致居《いたしおり》候《そうろう》。些細な事を申せば書物又は原稿紙などを明ける時に指頭に唾をつける事も禁じ居候。書簡袋の封蝋《ふうろう》を嘗《な》める事も禁じ候。書簡の封は必ず他人に致させ候。切手や印紙を貼る事は猶更《なおさら》禁じ居候。筆の穂を嚙《か》む事も禁じ居候。客に出した菓子に手を触るゝ事も禁じ居候。尤《もっとも》盆の端にこぼれ居《お》る一枚の煎餅を他に触れぬようにそろッと抓《つま》み取るような事は度々やり候えどもこれは病毒伝播の如何《いかん》に拘《かかわ》らず如何《いか》にもきたなく感ぜられ候事故此頃は謹み居候。若《も》し喰いたき時は客の手を借りる事に致候。

衣類、寝具を別にしただけでなく、書物や原稿紙を開けるときに指の頭に唾を付けることを禁じた。封筒の封蠟を舐めることや切手や印紙を貼ること、筆の穂を嚙むことも禁じた。おそらくどれも子規の癖だったにちがいない。また、客に出した菓子に手を触れることも禁じた。食欲旺盛な子規ならではの禁止事項と言っていい。こうした禁止をするところには、病気の中にあっても滑稽味のある俳句の精神がよく示されている。

子規は残念ながら三四歳で亡くなったが、母の八重も妹の律もすぐ側で看病しながら感染しなかったし、虚子や碧梧桐などの弟子たちも常に出入りしたが、感染していない。これは、子規がこうした配慮をしていた結果であることは間違いない。肺結核を患いながらも俳句と短歌を改革するという、相矛盾する難問を見事に解決した背景には、こんなライフスタイルがあったということに気がつくのではないか。

「病毒貯蓄所」だが、それでも人に会いたい

こうして子規は消毒と予防を徹底していることを公開した。だが、それで何の心配もないわけではなく、これによって危険を減らしただけで、保証はできないとする。感染の怖れがないとはいえないのは、肺結核も初期は黴菌(結核菌のこと)が少ないが、私(子規)のような古株はよほど多くなっていると考えた。二一歳で発症し、この頃は三二歳になっていたので、病歴は一〇年を超える。四、五年前に須磨で痰を検査してもらうと「七」という数値が出たが、それでも分量が多く、今は一〇にも一五にも上がっているだろうと推測する。

従って、黴菌は病室の空気中にも飛散しているはずなので、器具を別にしたとしても、間接に直接に病毒が付着する機会はいくらもある。飛沫感染の怖れがあるというのである。この子規庵は「病毒貯蓄所」と見てもいいと述べる。結核菌は肺だけでなく骨にも転移し、毎朝包帯を取り替えているので、子規庵を「病毒貯蓄所」と呼ぶのはそう的外れではない。子規は自分の病状が重症化していることを正確に知らせようとしている。この認識には、自嘲という以上に、冷徹な精神を見るべきだろう。

来客との談話が興に入れば、口角泡を飛ばすことになり、その泡には幾千万の黴菌があるかもしれない。顕微鏡で見たら、孫悟空が身の毛を抜いて口中から無数の小猿を吹き出すように、病毒は鼻へも口へもたかるように見えるので、「あな恐ろし、肺患者の家へは近づかぬが宜しく候」とす

る。自分のように重症になったら、いくら消毒しても完璧ではなく、病室は黴菌が満ちているはずだから、そんな家に近づかない方がいいと先回りする。

だが、子規はそれに反対だった。結核患者は社会と交際を絶ち、孤島の流人のように暮らさねばならないのか、庭の枯れた菊を見て、軒の鳥籠を見て、物干し竿の古足袋を見て、一生黙って送らなければならないのかと述べる。世間の人には当然でも、結核患者には疑問である。来客と一緒に物を食いながら快く話をしなかったら、病人の楽しみは削がれてしまう。寝たきりの重症患者でも、生き甲斐を奪ってはいけない。物を食べながら話をするのは感染のリスクになるので、「諸君の決断に任する」として判断を委ねる。

来客があれば、菓子も飯も出すが、決して勧めない。食べたい人は遠慮なく食べ、食べたくない人は、どんなに家族が勧めても、菓子や飯はおろか茶一杯も飲まないでほしい。何も食べないのは失礼だと思って、茶だけ飲むのは無用な気遣いである。中位の人がいて、果物と菓子だけはいいと考えるなら、それだけ食べてほしいとも添える。来客に判断を委ねることにしたので、まったく気を遣う必要はないと宣言したのである。

実は、最近、仲間の家に行って食器を汚すことがあったという。甚だ不本意だが、乞食のように袋に椀を入れて持ってゆくわけにもいかず、手品師のように懐から茶椀を出す術もない。こうした言い方は子規の諧謔を示すが、やむを得ず食器を汚してしまったので、病人の口に触れた食器は後で消毒してほしいと述べる。

消毒の仕方についても詳細である。消毒は器を煮るか蒸すかすればいいが、それができなければ、沸騰した湯をかけて灰で磨いても構わない。箸（これは割り箸か）のように捨ててもいい物であれば、折って砕いて捨てるのが最も安心である。仲間の家に行って食器を汚したことを非常に気にしていたようだ。しかし、現実にはこの外出あたりが最後になり、この後の二年はもう外へ出られなかったはずである。

重要なのは、歌会や句会を開くときに弁当屋の弁当を取ったので、危険が少ないだろうと述べている点である。為山の画でも食事をしていたが、仕出し弁当を取っているはずだ。今で言えば、まさにテイクアウトに相当する。食事のリスクが大きいことを考えるならば、人々が集まって歌会や句会をするときに仕出し弁当を取るのは先見の明があった。

そして、子規は世間の結核患者に注意をうながす。できるならば、海辺の、空気がよく、暖かで、気候の変動が少ない、ご馳走の食べられる場所に転地するのがいいと勧める。そのような贅沢ができない人は、ご馳走を食べるだけでもいいと添える。結核患者に転地療養と栄養補給を勧めるのである。

しかし、他人には勧めながら、子規は決して転地療養をしなかった。それがいいと知りながら子規庵に留まって、ご馳走を食べて、世の中と積極的に関わった。高原や海辺へ転地療養をしたら、もう少し生きながらえたかもしれないが、文学の改革運動はできない。結核の療養と文学の改革の両立をどうするかという狭間で、子規は転地療養をせず、ご馳走を食べることで対処しようとしたのである。

そして、結核の初期ならば食べることで快復し、末期であっても食べることで命を長くすることができると述べる。医者から薬が出されるけれども、これはかなり疑わしく、薬が効いているかどうかわからないと考えていた。薬よりはご馳走を食べる方がいいと、結核患者に呼びかけて、この文章を結んだ。

正月に多くの人が子規庵に押しかけた。だが、それだけに来客の中にはいろいろな考えの人がいることに気がついたにちがいない。そこで、よい機会と考えて、今の自分の状況と結核に対する考え方をはっきり述べておきたいと思ったのだろう。自分だけでなく、結核患者とつきあう人々の考え方の多様性にどう向き合ったらいいのか、考えを整理して、それを公表したのである。それは実に重要なことだったと言わねばならない。

「生きて居ればいいたい事はいいたい」

次に最晩年、一九〇二年の随筆『病牀六尺』を見る。これは死ぬ二日前まで、新聞『日本』に一二七回載った。「病牀」というのは病人の寝床のことで、これが六尺、一・八メートル、蒲団一枚分にあたる。子規は肺結核にかかり、結核菌が骨に転移して、脊椎カリエスで、晩年の六、七年はほとんど寝たきりの状態になった。

最初の「一」は、「病床六尺、これが我世界である。しかもこの六尺の病床が余には広過ぎるのである」と始まる。畳一枚分でも広いのは、僅かに手を伸ばして畳に触れることはあるが、蒲団の外へまで足を伸ばして体をくつろぐこともできず、甚だしいときは極端な苦痛のためにまったく体を動かすことができなくなっていた。それを「苦痛、煩悶、号泣、麻痺剤」という言葉で示す。「麻痺剤」というのはモルヒネのこと。

それでも「生きて居ればいいたい事はいいたい」と主張した。世間とつながるのは毎日見る新聞と雑誌だけだったが、体調が悪化して、それさえ読めずに苦しむときも多かった。だが、読めば「腹の立つ事」「癪《しやく》にさわる事」があり、「たまには何となく嬉しくてために病苦を忘るるような事」がないでもなかった。そこで子規は、「年が年中、しかも六年の間世間も知らずに寐《ね》て居た病人の感じは先ずこんなものです」と前置きして、この連載を始めた。以下、子規独特の思想が書かれることになる。

五月二六日の「十四」は、病床に就いてから六、七年になり、車に乗せられて一年に二、三度出かけることも一昨年以来できなくなった。そのため、変わってゆく東京は、新聞で読むか、来客に聞くだけになった。もはや自分の力では及ばなくなった。そこで、自分の見たことのないもので、ちょっと見たいと思うものを挙げる。それは「一、活動写真」「一、自転車の競争及び曲乗」「一、動物園の獅子及び駝鳥」「一、浅草水族館」「一、浅草花屋敷の狒々《ひひ》及び獺《かわうそ》」「一、見附の取除け跡」「一、丸の内の楠公《なんこう》の像」「一、自働電話及び紅色郵便箱」「一、ビヤホール」「一、女剣舞及び洋式演劇」「一、鰕茶袴《えびちやばかま》の運動会」である。

「活動写真」「自転車の競争及び曲乗」「洋式演劇」のような娯楽、「動物園」「水族館」のような施設、「自働電話」「紅色郵便箱」のようなインフラ、「運動会」のような催し、みな明治時代に生まれた文化である。「獅子」「駝鳥」「狒々」「獺」は見たことのない動物だった。「丸の内の楠公の像」

は一八九七（明治三〇）年に皇居前に造立された楠木正成の銅像、「ビヤホール」は一八九九（明治三二）年にできた恵比寿ビヤホール、やはり最新の文化だった。新聞に記事がおそらく写真とともに載り、それらを見たいと思ったのである。だが、それが実現しがたいこともよく認識していたはずである。

六月一九日の「三十八」は、体が痛み弱って身動きもできず、頭脳は乱れやすく、目くるめいて書籍や新聞を読むこともならず、まして筆を執っても書くことは到底できそうもない。書籍や新聞も読めず、さらに執筆はもっと難しくなっていた。子規が求めたのは、傍《そば》に看護の人や談話の客がいることだった。看護には八重と律、談話にはお伽番の弟子たちがいたが、こうした人がいなかったら、どうやって日を暮らしたらいいか、わからなかったのである。体調が悪化する中で、子規の求めるものが先鋭化されてくる。

続く六月二〇日の「三十九」は、さらに深刻だ。身動きのできる間は病気をつらいとも思わず寝転んでいたが、身動きができなくなってからは精神の煩悶を起こし、「毎日気違いのような苦しみ」がくる。この苦しみを受けまいと思って動かぬ体を無理に動かすといよいよ煩悶し、堪忍袋の緒は切れ、遂に破裂する。そして、「絶叫。号泣。ますます絶叫する、ますます号泣する。その苦《くるしみ》その痛《いたみ》何とも形容することは出来ない」という状態になる。麻痺剤が切れてしまうとだめなのだ。本当の狂人となれば楽だと思うが、それもできず、死ぬことができれば望むところだが、死ぬこともできず、殺してくれる者もない。

「一日の苦しみは夜に入ってようよう減じ僅かに眠気さした時にはその日の苦痛が終ると共にはや

翌朝寝起の苦痛が思いやられる。寝起ほど苦しい時はないのである。誰かこの苦を助けてくれるものはあるまいか、誰かこの苦を助けてくれるものはあるまいか」と結ぶ。つらい病状を告白し、読者に救済を求める。新聞というメディアをこんなふうに使った者は他にあるまい。

続く六月二一日の「四十」はこうだ。「誰かこの苦を救うてくれる者はあるまいか」という問いに至って、宗教問題に到着したと宗教家はいうだろうが、宗教を信じない余（子規）には何の意味もなかった。基督《きりすと》教を信じない者には神の救いの手は届かず、仏教を信じない者には南無阿弥陀仏を繰り返すこともできない。画本を見て苦痛を紛らしたこともあったが、おもしろい画本でも毎日繰り返して見れば、一〇日も経たないうちに陳腐になってしまう。

何よりも嬉しいのは親切な友達が看護してくれることだが、しばしば会えば新しい話もなくなり、差し向かうだけで苦しくなる。例えば、虚子は毎日のように会っているので、話すことがなくなるが、須磨で療養した頃の話に戻ると、子規が元気になったと書いた。だが、友達や門人が来て話してくれても、なかなか続かなくなっていたのである。

去年頃までは唯一の楽しみだった飲食の欲もほとんど消え去った。それまでは、食べることが生きることだったと思い浮かべずにはいられない。飲食そのものがかえって身体を煩わし、そのために昼夜もがき苦しむことが珍しくない事実になってきたというので、食べることが苦痛になっていたのである。でも、食べなければ生きられない。

謡《うたい》を聞き、義太夫を聞いて楽しんだのは去年のことだった。ラジオもないので、実際に謡を聞き、義太夫を聞いたが、これが楽しめなくなった。そこで友達は、「軍談師を呼んで来ようか」「活動写真をやらして見ようか」と言ってくれるが、それを聞いても頭が痛くなる。謡の声や三味線の音も遥か遠くから聞けばおもしろいが、枕元近くで聞くと頭に響いて呼吸さえ苦しくなる。子規は、「畢竟《ひっきょう》自分と自分の周囲と調和することが甚だ困難になって来たのである」と理解した。気力が失われてゆく状態をこうして認識していることは、やはり貴重である。これを緩和するのは麻痺剤しかなく、十分に効いたときにはこの調和ができたが、麻痺剤が効かなくなってきていた。

子規は、「情ある人我病床に来って余に珍しき話など聞かさんとならば、謹んで余はために多少の苦を救わるることを謝するであろう」と呼びかける。子規が求めた救済は「珍しき話」だった。それは俳句談や文学談でなく、宗教、美術、理化（物理や化学）、農芸（農業や園芸）、百般の話でもよく、知識のない余（子規）が興味を感じないものはないと言い添える。貪欲な知識欲が生きる力になると考えた。新聞でこう書いても、子規のもとを訪れる人はたぶんいないだろう。だが、麻痺剤が効かなくなってくる中で、苦痛を緩和するために考えた結論はこれだったのである。

「教育は女子に必要である」

七月一六日の「六十五」では、病気になって七年が経ち、肉体的な苦痛は時々起こるが、それは苦痛が薄らぐとともに忘れるようになった。一方、精神的な煩悶をきたすようになったのは去年からだという。やはり、去年からの変化を敏感に感じていることがわかる。その結果、「本当の常病人」になって、朝から晩まで誰か傍にいて看護をしてもらわなければ暮らせなくなった。「常病人」

は子規の造語らしい。

仕事ができずに苦しんでいると、いろいろな問題が湧いてくる。生死の問題は単純なことなので、諦めてしまえば直ちに解決されてしまう。生死の問題はたいしたことではないと認識しているのは驚きだ。それよりも病人の苦楽に関係するのは家庭や介抱（今の介護のこと）の問題である。病気が苦しくなり、衰弱のために心細くなったときには、看護の状態が病人の苦楽に大いに関係するという。これは、感染症にかかわらず、切実な問題である。

もの淋しく心細いときには、傍の者が病人の気持ちを考えて巧みに慰めてくれさえすれば、病苦はほとんど忘れてしまうと述べる。子規が求めたのは上手な看護だった。だが、家族の女ども（念頭にあるのは八重と律）の看護が下手だと、病人は腹を立て、癇癪を起こし、大声で怒鳴りつけなければならなくなり、普通の病苦の上に余計な苦痛を添えることになると不満を漏らす。

子規の家では下卑（女中のこと）も置けないので、まして看護婦を雇うこともできず、家族が看病するしかない。月給四〇円のことは触れたが、これが現実だった。ここには看護にあたっての経済格差がはっきり出ている。それは、後で見る石川啄木よりはましだが、志賀直哉（一八八三〜一九七二）の家で女中を置き、感染すると看護婦も雇っているのとは雲泥の差である。いきおい看護の負担は家族が背負うことになる。

ここで話題は家族の看病になる。家族は、食事、掃除、洗濯、裁縫などの家事を務めた上での看病になるので、朝から晩まで病人の傍に付き添うわけにいかない。看病は家事の余力でしかできない。今は家事の機械化が進んだが、家事が大変で病人の傍に付くことができなければ争いになる。

そこで、家族が看病するには教育が重要だと考える。母親と妹には教育がないので、病苦を慰める工夫が足りないというのである。子規の考え方は古く、看病するのが女性なので、教育が必要だという論理はもう成り立たない。

話でもすればよいが、話すべき材料を持たないので、手持ち無沙汰で座り、新聞を読ませようとしても、振り仮名のない新聞は読めず、振り仮名をたよりに読ませても、少し読むと読み飽きてしまうと不満を漏らす。「殆ど物の役に立たぬ女どもである」とまで罵倒する。太平洋戦争中ぐらいまでは、父親が新聞を家族に読んで聞かせた。振り仮名のある新聞と振り仮名のない新聞があって、八重と律は振り仮名のない新聞は読めなかった。

そして、「ここにおいて始めて感じた、教育は女子に必要である」と結ぶ。上手な看護をするためには教育が必要だというのは子規の偏見で、認めることはできない。動機は不純だが、新聞を読める能力を持つ教育が必要だというのは納得できなくもない。子規は東京帝国大学を中退するが、それに比べて、八重と律は近代の教育を受けていなかった。それを差別的に見て、女性の教育が必要だと説くのは首肯できるものではないが、こうした苦痛の中から女性に教育が必要だと考えたのは、子規の到達点だったかもしれない。

七月二四日の「七十三」は、女性の家事の負担を減らす提案を述べる。大変に見えたのは飯を炊くことだった。昔は飯を炊くのは一日一回で、江戸では朝、上方では夕方炊いたが、それでも大変なので、飯炊会社を興したらいいというアイデアに賛成する。飯を炊くために下女を置き、竈《かまど》を据えるのは無駄な費用と手数を要し、下女を置かない家では家族が飯を炊くのに多くの時間と手数を要するので、病人の看護をしながらの片手間では荷が重すぎる。子規の場合、家族が病人の看護にあたるために家事の軽減を考えるのである。

女性の教育の必要性を説き、飯炊会社の起業を提案する。それを病気の苦痛と看護の必要から考えるというところには、エゴイズムも見え隠れする。だが、飯炊会社を設立すれば、女性の家事労働の一端が省けるというのは、子規の改革精神をよく示す。そして、飯を炊くのに苦労するよりも、副食物（おかずのこと）の調理に骨を折った方が飯はおいしく食べられるとも述べるのである。

一方で、飯を炊くのは西洋のパンと同じようにはいかないが、硬い飯、柔らかい飯、上等の飯、下等の飯など注文に応じて炊けばいいと、細かい。子規はよくパンを食べているが、そこには家族が飯を炊く労苦を減らす意味合いがあったのかもしれない。飯炊会社がそこまでの注文に応じるのは大変だが、家で炊くよりも誂《あつら》える方が便利が多いと見ている。やや独断的ではあるが、感染症で困難な状況が新しいアイデアを生み出す契機になるということは、改めて考えていいことではないか。

八月二〇日は「百」である。連載が一〇〇回に達した感慨は深かった。子規は連載が載らないと、すごく怒った。新聞社に連絡し、広告を載せるくらいなら、広告料を払ってもいいので、自分の文章を載せてくれと言っている。新聞に文章が載ることが生きている証だったのである。だが、かなり弱っていたので、「これがいつまでつづくであろうか」と心配している。

原稿は状袋（封筒のこと）に入れて送るが、上書きを書くのが面倒なので、新聞社に頼んで活字で印刷してもらった。そうしたら、一〇〇枚注文した状袋を三〇〇枚刷ってきた。毎日一枚使っても、一〇カ月分である。一〇カ月先のことは覚束ないと心配したが、五、六月頃から容体が良くなり、遂に一〇〇枚の状袋を費やした。「この百日という長い月日を経過した嬉しさは人にはわからんことであろう」と書いている。だが、まだ二〇〇枚が残っている。二〇〇日は半年以上であり、半年以上もすれば梅の花が咲くが、果たして病人（子規）の眼中に梅の花が咲くだろうかという感慨で結んだ。

この連載は一二七回、九月一七日に終わった。二日後の九月一九日、三五歳の誕生日の前日に、「糸瓜《へちま》咲て痰のつまりし仏かな」などの絶句三句を詠んで子規は亡くなった。長い間病床にあり、片肘を突くところから、仰向けにしかなれないという病状の悪化の中で、今で言うソーシャルディスタンスを実行し、消毒や予防をしながら、家族には癇癪を起こしたり不満を漏らしたりしたが、社会との関係を絶たずに過ごした。これはすごいことだ。感染症を抱えながら俳句と短歌の改革を行うという非常に難しいことを実現できた背景には、細やかな知恵があったからだということに改めて気づかされる。

兵站病院で死を覚悟する田山花袋

――『第二軍従征日記』の中の腸チフス

「軍中で腸窒扶斯《ちようちぶす》！」

田山花袋（一八七一〜一九三〇）はまだ自然主義作家としての地位を確立する前、日露戦争の従軍記者として戦地に赴いている。一九〇四（明治三七）年、日本画家の寺崎広業（一八六六〜一九一九）ら八名で博文館から派遣された私設第二軍従軍写真班の主任であった。三月に東京を出発し、九月に帰京するまでのことを、翌一九〇五（明治三八）年一月に『第二軍従征日記』として出版した。このときに第二軍軍医部長として出征したのが、森鷗外（一八六二〜一九二二）だった。

この日記の八月二〇日にこんな記述がある。八月一三日のことかと思われるが、遼東半島の海城で市街を見物した後、熱病が始まった。一五日からは三九度内外を上下したので、軍医部に行って診察を請うた。一七日からは軍医部に行けないので、軍医に来て診てもらうと、「熱が三十九度七分、何《ど》うもまだ分明《はつきり》と解らんが、ことによると、腸窒扶斯《ちようちぶす》になるかも知れぬとのこと」という診断だった。高熱と下痢で、腸チフスの可能性が指摘されたのである。さらに、こう続く。

軍中で腸窒扶斯！　自分は死を覚悟しなければならぬ場合に達したのである。内地ならば腸窒扶斯は左程難治の病ではなく、ある一定の時期を経過しさえすれば、当然快癒するのであるけれど、牛乳という必要物の無い軍中では、とても全快は覚束ない。自分は宿舎の長持の上に横《よこた》わって、実にさま〲のことを思った。

花袋の認識によれば、すでに腸チフスは難治の病気ではなくなっていて、一定期間が経過すれば快癒する病気と認識されていたことがわかる。しかし、死を覚悟しなければならなかったのは、内地でなく、軍中であるためだった。それは腸チフスの全快に必要な牛乳が調達できないことにあった。だが、牛乳で腸チフスが良くなるという判断はあまりにも幼稚ではないか。

腸チフスは腸チフス菌による感染症である。高熱が続き、腸出血や腸穿孔《ちょうせんこう》などを起こすこともあった。花袋は一八九〇（明治二三）年と推定されるが若いときに、腸チフスを患った経験があったためかもしれないが、それでも「左程難治の病ではなく」というのは、この感染症をあまりにも甘く見ている。実際、日露戦争のときの病死者二万一八〇二人のうち、五八七七人は腸チフスと赤痢による死者であったというデータがある。

このときに花袋が恩恵を受けたのは軍医部長の鷗外だった。「先生は自分の病状を聞いて、いろ〲懇切に世話をして下されたばかりではなく、離れて居ては、病状がよく解らぬから、軍医部に来て寝て居れと言って下された。忙しい軍医部に、いかに重い病人と言え、余り我儘《わがまま》と、控えて居ると、いや決して構わんから来て居たら好かろうと度々言って下されるので、自分も遂に其好意に甘えて、十八日の午後から、軍医部の一室に行って寝て居ることとなった」という。一介の従軍記者に対しては厚遇すぎると思われるが、そこには小説家同士の共感があったにちがいない。『第二軍従征日記』は、冒頭に鷗外が花袋に贈った歌を載せて始めているほどである。

しかし、花袋は軍が活動する噂が流れたので、迷惑がかかると考えて、「自分は寧ろ兵站《へいたん》病院に入院し度い」と申し出て、二〇日の朝、担架に乗せられて海城の兵站病院（部隊の戦闘力を維持するための病院）に行った。仰向けになったまま考えたのは、「腸窒扶斯――死――父の日記――自分の日記――寡婦――孤児――」であった。花袋の父・鍋十郎《しょうじゅうろう》は一八七七（明治一〇）年に西南戦争で戦死し、妻のリサとは一八九九（明治三二）年に結婚して、長女・礼子、長男・先蔵が生まれていた。感染症で死んだ場合のことを考えたのである。

「此処で死なゝければならぬ」

海城の兵站病院は、東清鉄道の鉄橋を渡ったところにあった。本部から連れて行かれた病室は、敵の棄て去った洋館にあり、そこには「海城兵站病院伝染室」とあった。花袋は、そのときの思いを、「伝染室！　自分は自分の身の地下に陥るがごとき烈しき聳動《しょうどう》を総身に感じたので、此処に入れられるからには、もう自分は何《ど》うしても腸窒扶斯、此処で死なゝければならぬとの考《かんがえ》が矢のごとく衝《つ》いて来た」という感慨が述べられ、「けれど仕方が無い」と諦める。この病室に入ることは伝染病であることを意味したのである。

病院だけに設備は完全で、「此処でならば死んでも遺憾が無い」と思うほどだった。看護卒は、土瓶、湯、鶏卵、溶いたミルクを持って来てくれ、「何でも用事のあった時には、呼んで呉れ」と親切。神戸一等軍医の診察は丁寧で、「ナアに、今の処では大したことは無い。腸窒扶斯などには無論為《な》ることは無い。第一、チブスの舌とは舌が違う。私は台湾に居た頃、自分でチブスは遣ったが、こんな者じゃ無い」と力をつけてくれた。

同じ蚊帳《かや》の中に寝ていた二人のうち、第十八聯隊の横山特務曹長は赤痢にかかり、満州軍総予備隊第十二聯隊の田中歩兵少尉は熱病にかかっていた。患者は次の大部屋に、六、七人いて、熱やら赤痢やらで呻吟《しんぎん》していた。花袋は将校病室で優遇されていたが、下士兵卒の病室はひどい状態で、蝿も無遠慮にやって来た。重病室の様子について、看護卒はこう話した。

『実に、チブスの重いのには閉口して了《しま》う。三人ほど重いのが有るのですが、昨夜などは一人は夢中で飛び出して、海城の北門の近所まで半分裸体《はだか》で行くじゃありませんか。それに、チブス患者は馬鹿に力があって、本当に仕末につきは為《し》ません。昨日も二人死んで、今日今少し経つと焼く筈《はず》です』

重病室にいたのは腸チフス患者三人だった。昨夜、裸体で病室を飛び出した患者は幻覚を見ていたにちがいなく、怪力を発揮して暴れ、対応に困ったのである。残りの二人だろうか、昨日亡くなって、今日はまもなく火葬される予定だった。神戸一等軍医は腸チフスではないと診断してくれたが、この看護卒の言葉は他人事と聞かなかったはずである。「戦地の病者、実にこれ程惨憺《さんたん》なあわれむべき者は無いのである」というのが花袋の感慨だった。

食事は、熱があるので、ミルク、湯粥《おもゆ》、鶏卵で、他には何も出されなかった。赤痢患者（前の横山特務曹長を指すのであろう）は厠《かわや》（便所）が近く、半日に二五、六度も通った。花袋自身も腸を害しているので、よく通った。ブリキの屋根で、周囲をアンペラ（アンペラの茎で編んだ筵《むしろ》）で囲んだ急製の厠で、消毒除菌のための白い石灰《いしばい》が地も見えぬほどに撒布《さんぷ》されていた。

第二軍従征写真班。左端が花袋、場所は遼陽［『日本文学アルバム24　田山花袋』（筑摩書房、1959年）より］

二五日、熱はまだ依然として除《と》れなかったが、三八度五、六分を往来して、病名も「流行性腸胃熱」ということに前日には診断がついた。この日の朝からは、遼陽攻撃出発の噂が流れるので、取り残されることが無念でならなかった。午後には、仲間が出発の挨拶に来た。田中少尉や横山特務曹長から取り残される嘆きを聞き、「軍籍に身を置く人々のこの懊悩を聞くにつけても、愈々《いよいよ》この大戦に取残されたのが口惜しく、自分ながら、重ね〲この熱病を呪咀《のろ》うのであった」と感じるのだった。

二九日には、熱が出ると、解熱作用のある薬・キニーネを服用するので、後は頭痛がして、気分が悪くて仕方がなかった。熱は日ごとに低くなって、三七度五、六分のところで往来していた。三一日の夜には平熱平脈になったので、九月一日に平病室に移された。四日には退院し、海城から貨車に乗って東煙台《ひがしえんだい》に着いた。遼陽は昨日占領したとのことであった。

田中少尉は自分の聯隊が活躍したことを聞いて、「これというのも、聯隊の屁鉾医者《へっぽこいしゃ》の御蔭だ。何《な》んの、少し熱の出た位を腸窒扶斯だとか、何んとか大業《おおぎょう》に言い立てゝ、病院に来て見りゃ、何んの大したことも無いものを……」とつぶやいた。腸チフスのために遼陽の戦いに参戦できなかった無念さをにじませたのである。

この間は、花袋自身も病気で第二軍の取材から脱落したが、それによって、海城兵站病院伝染室での治療が活写されたことになる。吉田精一は『第二軍従征日記』について、「戦場や戦況の記述もさるものながら、従軍生活の実態が、体験を通して生々しく語られている」と述べた。特に従軍における「日常生活」を書いた点を評価したが、それはこうした病床日記によく表れていると言っていい。

前ページに載せた「第二軍従征写真班」は、高熱を出して写真班一行と別れていた花袋が遼陽で合流し、八名が揃って撮った写真である。背後には、戦場となって荒廃した家屋が写り込んでいる。南満州に入った遼陽を陥落した戦勝記念の意味合いを帯びていたと考えられる。

たてまえにすぎない交通遮断

——夏目漱石『吾輩は猫である』および書簡と疱瘡・ペスト・赤痢

「西洋から神国へ伝染した輓近《ばんきん》の病気」

イギリスから帰国した夏目漱石（一八六七〜一九一六）は、一九〇三（明治三六）年三月、駒込千駄木町に居を構え、第一高等学校講師兼東京帝国大学英文科講師になる。一九〇五（明治三八）年一月、「吾輩は猫である」を雑誌『ホトトギス』に発表すると、たちまち高い評判を得る。この年の半ば頃から、教師か作家かの二者択一に悩んだ。翌一九〇六（明治三九）年八月まで連載は続いた。連載中から単行本化され、一九〇五年一〇月に上編、一九〇六年一一月に中編、一九〇七（明治四〇）年五月に下編が刊行されている。

「二」は「征露の第二年目」とあるので、日露戦争第二年目の一九〇五年の新年の出来事として設定されている。猫である「吾輩」は隣家の三毛子《みけこ》を訪問し、病気で寝ていることを知った。二弦琴の御師匠さんと下女の話を手水鉢の葉蘭の影に隠れて聞いていると、三毛子が風邪を引いて咳が出るという話に続いて、こんな会話がある。

「それに近頃は肺病とか云うものが出来てのう」「ほんとに此頃の様に肺病だのペストだのって新しい病気許《ばか》り殖《ふ》えた日にゃ油断も隙もなりゃしませんので御座いますよ」「旧幕時代に無い者に碌《ろく》な者はないから御前も気をつけないといかんよ」「そうで御座いましょうかねえ」

立ち聞きした二人の会話からは、三つのことがわかる。一つ目は、「肺病とか云うもの」という言い方が示すように、肺結核、そして、ペストは「新しい病気」であった。「旧幕時代に無い者」とあるように、江戸時代にはなかった病気であり、明治時代になって流行るようになったという認識があったのである。肺結核やペストは開国に伴う近代化によって、海外からもたらされて流行しているという、正確な把握をしていることがわかる。

二つ目は、あまり話題になることがなかったペストが見える。一八九四（明治二七）年に香港で流行したペストは、一八九九（明治三二）年に広島で患者第一号が出て、阪神地方を経て横浜から東京へと広がった。ペスト菌の原因はネズミであることが知られていたので、ネズミの買い上げと汚染地区の焼き払いが行われた。「十一」に、鰹節の先が欠けているのについて、「なぜって、そりゃ鼠が食ったのです」「そいつは危険だ。滅多に食うとペストになるぜ」という会話が見える。やはり、ペストの流行に敏感だったのである。ペストの流行については、春日忠善『日本のペスト流行史』（北里メディカルニュース編集部、一九八六年）が詳しい。

三つ目は、「旧幕時代に無い者に碌な者はない」という、より普遍的な認識が見える。六二歳の二弦琴の御師匠さんについては、三毛子が「何でも天璋院《てんしょういん》様の御祐筆の妹の御嫁に行った先きの御《お》っかさんの甥の娘」と説明していた。天璋院は一三代将軍の徳川家定に嫁した篤姫（一八三六〜八三）が落飾した名前である。つまり、御師匠さんは旧幕府方の人間であり、新しい時代を好意的には見ていなかったこともわかる。

三毛子はこの病気が原因で死んでしまう。猫の葬式も描かれる。風邪をこじらせ、甘木という医者が薬を出さなかったせいだという、御師匠さんと下女の会話が見える。死因は肺結核ともペストともわからない。こうした会話のやりとりで、当時の世相を表現した点は、実にうまい。「吾輩」の立ち聞きという視点がよく生かされている。

「七」の冒頭には、「吾輩」のこんな独白も見える。

運動をしろの、牛乳を飲めの、冷水を浴びろの、海の中へ飛び込めの、夏になったら山の中へ籠って当分霞を食《くら》えのとくだらぬ注文を連発する様になったのは、西洋から神国へ伝染した輓《ばん》近《きん》の病気で、矢張りペスト、肺病、神経衰弱の一族と心得ていゝ位だ。

これは「吾輩は近頃運動を始めた」という一文から展開する。「運動」というのは、「明治期において、身体を動かすこと、体操、散歩の意味として使われるようになった」と、『漱石全集』の「注解」にある。「運動をしろ」以下、「牛乳を飲め」「冷水を浴びろ」などというのが明治になって生まれた「注文」だった。それと同様に、西洋から日本に伝染した病気が、ペスト、肺病、神経衰弱だというのである。

これは先の御師匠さんとの会話にも通じるが、「神経衰弱」が加わっている。「神経衰弱」(Neurasthenia)というのは、一八八〇年、アメリカの神経学者のジョージ・M・ビアードが初めて用いた用語とされる。今では「神経衰弱」という診断名は使われないが、当時は最新の医学であった。感染症ばかりでなく、近代化に伴って神経症も生まれたのだという認識がここにはある。

「実は種え疱瘡をしたのである」

また、「九」には疱瘡《ほうそう》(天然痘)のことも見える。「主人は痘痕面《あばたづら》である」とあって、苦沙弥《くしやみ》先生が疱瘡を患ったことを語る。明治維新には痘痕も流行ったが、今はもう時代遅れで、衰退して将来は跡を絶つだろうと予測する。それは種痘が普及した結果であることは言うまでもない。この痘痕面が研究に役立つような「功徳」になるとした上で、その由来についてこう説明する。

尤《もっと》も主人は此功徳を施こす為に顔一面に疱瘡を種《う》え付けたのではない。是でも実は種え疱瘡をしたのである。不幸にして腕に種えたと思ったのが、いつの間にか顔へ伝染して居たのである。其頃は小供の事で今の様に色気もなにもなかったものだから、痒《かゆ》い〳〵と云いながら無暗《むやみ》に顔中引き掻いたのだそうだ。丁度噴火山が破裂してラヴが顔の上を流れた様なもので、親が生んでくれた顔を大なしにして仕舞った。

この語りは、そのまま漱石の実人生と重なる。『漱石全集』の「年譜」では、一八六七（慶応三）年に生まれ、一八七〇（明治三）年の三歳のとき、「種痘がもとで疱瘡にかかった《小宮の伝える三兄夏目直矩の証言には漱石が数え年四歳のときとあり、ここではそれに拠るが、小宮自身は漱石の記憶から明治四、五年のことと推定している》」とある。「種《う》え疱瘡」とは種痘のことであり、予防としてこれを行ったが、その副作用が出たのである。「ラヴ」とはlavaで溶岩の意味であり、これに喩えるほど痘痕の状態はひどかったようである。

続いて、こうも述べる。主人は物心がついて以来心配し出して、あらゆる手術を尽くしてこの醜態を揉み消そうとしたが、歴然と残ってしまった。往来を歩くたびに痘痕面を勘定して、ことごとく日記につけたという。洋行帰りの友人には「君西洋人にもあばたがあるかな」と聞くと、「まあ滅多にないね」という答えだった。さらに聞き返すと、「あっても乞食か立ん坊だよ。教育のある人にはない様だ」と答えたので、主人は「そうかなあ、日本人とは少し違うね」と言った。

主人は痘痕がトラウマになって、これを手術で抹消しようとしたのである。だが、西洋人には滅多になく、あっても乞食か立ん坊で、教育のある人にはないと聞かされた。『漱石全集』の「注解」によれば、「立ん坊」は「明治から大正初期、坂の下に立っていて荷車や人力車の後押しなどをして金をもらっていた人」という。西洋では乞食や立ん坊などの最下層の人々に痘痕があるかもしれないが、日本では教育のある上流階級に痘痕があるという認識は、主人のプライドを示している。どちらにしても痘痕面が階級を示す表徴として意識されていたのである。

しかし、主人は痘痕の痕跡を一種のスティグマ（聖痕）と考えようとしたらしい。この前にも、

「このあばたは決して軽蔑の意を以て視《み》るべきものでない。滔々《とうとう》たる流俗に抗する万古不磨《ばんこふま》の穴の集合体であって、大《おおい》に吾人《ごじん》の尊敬に値する凸凹《でこぼこ》と云って宜しい。只きたならしいのが欠点である」とあったことと照応する。「万古不磨」は永久にすり減ってなくならないことを意味する。

「是ならどこが交通遮断か分らない」

「吾輩は猫である」の連載が終わった一九〇六年八月三一日、三女の栄子が赤痢にかかって、大学病院に入院した。正岡子規の門下だった高浜虚子へのこの日の書簡では、「ことによると交通遮断になるかも知れません。小供の病気を見ているのは僕自身の病気より余程つらい。しかも死ぬかも知れないとなるとどうも苦痛でたまらない。もしあの子が死んで一年か二年かしたら小説の材料になるかも知れぬが傑作抔《など》は出来なくても小供が丈夫でいてくれる方が遥かによろしい」と書いた。

このとき、栄子は二歳九カ月のかわいらしい時期だった。その子が感染症で死ぬかもしれないと想像して悲しむ一人の父親の苦悩が告白されている。万一亡くなるようなことがあれば、小説の題材になるかもしれないが、それよりも丈夫であることを願った。幸い、栄子は助かるが、死んだら小説になるというのは、森鷗外が百日咳によって亡くした男の子を「金毘羅」に書いたことと思い比べれば、二人は対照的だったということができる。

漱石は九月から始まる講義のノートが一頁も書けず、依頼が来ている『中央公論』には何を書いたらよいか、わからなかった。子供の病気が悪ければ何もできない状態だったのである。幸い、栄子の病状は快復して、一〇月号の『中央公論』には「二百十日」が載ったので、不義理をせずに済んでいる。

注意されるのは、この後に「交通遮断は一寸《ちよつと》面白い」と加えたことだ。「交通遮断」というのは、赤痢感染者が出た家は、一定期間の外出と訪問が禁止されたことをいう。漱石の場合は九月六日まで禁じられた。「一寸面白い」は不謹慎だが、「あまり人がきすぎて困るからたまには交通遮断をして見たいと思います」という理由だった。それほど訪問客が頻繁で、煩わしかったのである。この後、一〇月中旬に、門下の鈴木三重吉（一八八二〜一九三六）の提案で、毎週木曜日の午後三時以後を面会日と決め、これが後の「木曜会」となるが、その契機は「交通遮断」だったことになる。

九月二日、漱石が最も愛した弟子とされる野村伝四（一八八〇〜一九四八）に届けさせた書状では、「拙宅では三女が赤痢で入院中交通遮断なり（尤も内々では出る）」と述べ、会葬の代理を頼んでいる。「交通遮断」と言いながら「（尤も内々では出る）」とあり、こっそり外出していたことが知られる。この書状は、野村が同じ本郷に住むので、誰かに届けさせている。

「病人は助かりそうである。金は入りそうである。講義はかけそうもないのである。中央公論はかゝねばならぬ様である」とある。栄子は快復してきていたが、治療費や入院費は自己負担だったことがわかる。講義ノートと『中央公論』の原稿は、やはり進んでいなかった。

同じ九月二日、門下の寺田寅彦（一八七八〜一九三五）にあてた書簡では、寺田の作品「嵐」の書き方を批評し、原稿を『ホトトギス』に送ることを約束する。「嵐」は漱石の推輓《すいばん》によって、一〇月に掲載されている。

そして、家の状況をこう説明する。

昨夜巡査と衛生員と東京市の医員と小使が二人来て清潔方を施こして行った。今日は警察医が健康診断をしに来た。六日迄外出を禁ずるのだそうだ。四方太が来て話して行った。僕は病院へ見舞に行った。妻は湯に入った。是ならどこが交通遮断か分らない。

九月一日の夜、巡査・衛生員・東京市医員・小使二人が一チームになって、赤痢患者の出た家だということで、強制的な消毒が行われた。「清潔方」の具体的な内容までは明記されていないが、それでも双方が了解できたにちがいない。さらに二日には、警察医が来て、健康診断をした。家庭内に赤痢の感染が広がっていないか、確認したのである。これも赤痢患者が出た場合の決まった処置と知られる。

だが、それ以上に気になるのは、六日までの外出を禁止するという交通遮断を言い渡しておきながら、正岡子規の門下だった阪本四方太《しほうだ》（一八七三〜一九一七）が来て話をして帰り、漱石自身は病院に見舞いに行っている。「是ならどこが交通遮断か分らない」と述べたのは、実感だったにちがいない。

同じ二日の虚子にあてた書簡でも、「只今の処交通遮断なれど好加減《いいかげん》に出たり這入《はい》ったり致し居《おり》候」とある。三日の英文学者の畔柳芥舟《くろやなぎかいしゅう》（一八七一〜一九二三）にあてた葉書には、「僕の家に赤痢がぴょこりと出て公向きは交通遮断なり。内々は交通自在なり。一寸昔しの侍が閉門になった様な気がして面白い」とあり、この状況を楽しんでいる。

さらに五日の門下の森田草平（一八八一〜一九四九）にあてた書簡には、「今日迄交通遮断なり。遮断にも関わらず方々出あるくのみならず来客無暗《むやみ》に至る」とあり、遮断は五日までと誤認していたことさえうかがえる。漱石は次々と書簡を出し、個人的な関係者には、外出禁止がたてまえでしかなかったことを暴露している。

その後、一一月七日、歴史学者の斎藤阿具《あぐ》（一八六八〜一九四二）にあてた書簡には、赤痢が出たので、奮発して水道をつけたが、代金は一八円だったと書いた。この千駄木の家は仙台の第二高等学校に赴任していた斎藤の家を借りていた。「此水道は君に寄附仕《つかまつ》るから塀を直してくれ玉え」というのは、そうした事情による。幼い栄子だけがどうして赤痢に感染したのか、その経路は不明だが、井戸が原因と考えられたのだろう。幸い、家庭内感染は起こさなかった。「奮発して」というくらい水道の敷設にはお金がかかり、まだ水道はそれほど普及していなかったのである。

赤痢は古くからの感染症で、明治時代になっても大流行した。一八九三（明治二六）年と翌年には、ともに一五万人以上の感染者、四万人前後の死者が出ている。一九〇六年の夏も、そうした流行の中にあったにちがいない。漱石の場合、いち早く大学病院に栄子を入院させたのは、迅速な対応だったと言ってもいい。だが、外出禁止が守られていない実態が、漱石の書いたいくつもの書簡によって暴露され、自粛がたてまえにすぎなかったことを明かしている。

信仰と医療の狭間で――森鷗外「金毘羅」と百日咳

「小児に怖《おそろ》しいのは、第一に百日咳である」

百日咳は百日咳菌という細菌によって起こる急性の呼吸器感染症で、届出伝染病の一つになっている。一度かかると終生免疫を得るといわれる。今ではジフテリア・破傷風・百日咳の三種混合ワクチンができて、これを打つことで感染が抑えられる。飛沫で感染して、最初に発熱や鼻汁が出て、そのあとヒューヒューという特有の咳が出るが、そこから快復期に向かうとされる。

森鷗外は、この百日咳で息子を失った悲しみを、一九〇九（明治四二）年一〇月の雑誌『スバル』で「金毘羅」という短編小説に書いた。「金毘羅」というタイトルだけ見ると感染症と関係がないように思うが、鷗外は実にうまく、金毘羅という話題がこの小説の基盤を作っている。

鷗外は一八六二（文久二）年の生まれなので、尾崎紅葉や正岡子規より五歳年長である。亡くなったのは一九二二（大正一一）年で、死因は腎不全だったが、彼は肺結核も抱えていた。軍医であり、同時に小説家・翻訳家であり、二足の草鞋を履いて生涯を貫いたことはよく知られる。

年譜で、この小説の前後を見てみる。鷗外は一九〇二（明治三五）年に志げと再婚し、翌一九〇三（明治三六）年に長女・茉莉《マリ》、一九〇七（明治四〇）年八月に次男・不律《フリッツ》が生まれた。この不律が一九〇八（明治四一）年二月に百日咳で亡くなったが、茉莉は助かった、翌年、そのことを小説にしたのである。

小説の中に登場する細君・奥さんは志げ、六歳になる姉の百合《ユリ》は茉莉、六カ月になる赤ん坊の半子《ハンス》は不律をモデルにする。鷗外は子供に茉莉、不律のような、和名でも洋名でも通じるような名前を付けたが、この小説でも、百合、半子のような名前を付けている。小説の中に説明はないが、読者はすぐに家族をモデルとした小説であることに気づくはずである。

鷗外はドイツに留学したエリートの軍医であり、日清戦争・日露戦争に従軍して、立身出世した。一九〇七年一一月、陸軍軍医総監・陸軍省医務局長に任ぜられ、一二月から翌年一月にかけて、軍隊衛生視察のため、名古屋・金沢・善通寺・大阪等を旅行した。「金毘羅」のモデルになったのは、このときのことだった。これを「小野」という心理学の博士に置き換えて小説にした。鷗外の年譜に見える時間とぴったり一致する。

実は、一九〇八年にドイツの細菌学者・コッホ博士夫妻が来日し、鷗外はその歓迎に尽力した。コッホは一八八二年に結核菌、一八八三年にコレラ菌を発見し、ノーベル賞を受賞している。ドイツに留学した鷗外はベルリン大学のコッホを訪ね、最新の細菌学を学んで帰国したのである。ドイツで会ってから二一年後の再会であった。コッホはその二年後に亡くなっている。

鷗外とも親しかった柳田国男は、感染症をめぐる民俗についてもしばしば言及しているが、その中に百日咳もある。例えば、一九一八（大正七）年の『土俗と伝説』に載った「杓子と俗信」（後に

『史料としての伝説』村山書店、一九五七年に収録）に、「種痘の普及した今日では、小児に怖《おそろ》しいのは、第一に百日咳である」と述べ、佐賀県ではチゴツキと呼んで、それを直す厭勝《まじない》として、杓子に人の顔を描いて路傍に立て、「千人の人に見られると直る」という俗信などを紹介する。

また、有名なのは、一九二九（昭和四）年の『日本神話伝説集』（アルス。後に『日本の伝説』に改題）で述べた「咳のおば様」である。東京辺りに数々ある、頼むと子供の百日咳を治してくれるという咳のおば様の伝説を紹介し、これは関の姥神であったのを、セキの音から咳の病ばかり祈るようになったという考えを深めた。小説の「金毘羅」では虎の門の金毘羅様が出てくるが、人々は民間信仰に頼りながら快復を願ったのである。

「金毘羅は荒神《あらがみ》だと申しますから、祟《たた》るかも知れません」

主人公は小野翼《たすく》という心理学の博士で、私立大学に勤めていた。冬の休暇に四国で心理学の講演を頼まれて高松市で終え、琴平の金毘羅様に行き、小川光《ひかる》という中学教員の世話になる。博士は講演が下手で、準備はしたが原稿を読むくらいで、おもしろい話はできなかった。この小説は、琴平華壇という宿屋に入り、一晩泊まって金毘羅様にお参りをして帰ろうか、どうしようかと迷う場面から始まる。

博士が湯から上がると、頼んでおいた床屋が来ていた。床屋を呼んで顔を剃らせることにしたのである。温泉地には按摩だけでなく、床屋までいたのだ。博士は濡れ手拭の置き場に困り、廊下の手すりに掛けるが、日本の宿屋にトアレット（トイレのこと）のないのは一大欠点だと思う。廊下に置いてある籐《とう》の椅子《いす》に腰掛けて顔を剃らせることにし、床屋が顔を剃るための湯を貰いに行ったあいだ外を眺めた。

そのとき、ふと東京の家のことを思い出す。自分も一風呂浴びたので、東京の細君が六歳になる姉娘の百合を連れ、六カ月になる弟の半子を女中に抱かせ、湯屋から帰って来る頃だなと思った。後に見るように、湯屋に行ったとき、隣で咳をする人がいたので、そこで百日咳に感染してきたのではないかと思う、という場面の伏線になっている。

床屋が湯を持って来て顔を剃り始めると、滑らかな大阪弁でいろいろな問わず語りをする。この床屋は大阪出身で、琴平に働きに来ていた。五〇歳を超しているらしく、若いときには男自慢であったかと思われたが、琴平で出稼ぎをしていた。博士が「大阪か」と聞くと「さようだす」と答えるが、四国九州には贋の大阪者が多いので、真偽は覚束なかった。大阪者だと言えば、商売上便宜を受けられたにちがいない。

一月にはいつの年でも寂しいという話から、客の多い頃の繁栄の話に移り、果ては金毘羅様の御利益の話になった。床屋は「こんな不思議があった、こんな嘘のような事実があった」と、どの客にも話すものと見え、すらすら弁じ立てた。床屋は客を楽しませるために、金毘羅様の御利益を大阪弁で語ったのである。それは「舟乗が颶風《ぐふう》に遭うて助かった」という話。金毘羅様は航海の安全を守る神様である。そして、「病気の直った話」。金毘羅様の御利益で病気が治ったというのは、やはりこの後の伏線になっている。

博士はそうした奇蹟について考えたこともあり、細君が金毘羅に参ることを思い出した。細君は京橋辺にいた人の娘で、華族女学校を卒業したが、物の道理を考えることを教えられなかった。隣同士に暮らす高山教授の奥さんと親しくなり、子供などが病気をすると、虎の門の金毘羅へ祈禱を頼みに行っていたのである。

博士はけちな上に細君や子供が恋しかった。女中に聞くと、船は七時に出て朝の五時に大阪に着くと知った。七時の船に乗ることにし、小川に、「はあ。何も意味があって行かないのではないのです。又ゆっくり来たときに行くことにしますよ」と説明すると、「併《しか》し御参詣なさらずにお立《たち》になりますと、金毘羅は荒神《あらがみ》だと申しますから、祟《たた》るかも知れません。今晩お泊りなさると、宴会にも御出が出来ますし、御参詣も出来ますのですが。はゝゝ」と答えた。小川は金毘羅の祟りを説いて宿泊を勧めるのである。

だが、博士は接待も参詣も面倒なので、「金毘羅様はわたくしが参詣しようなぞとは予期せられないと思います」と応じるが、小川は「それでも山霊が待つなぞということを申しますから、何とも申されません。一体金毘羅に就いては、いろいろな伝説があるように承りますが、本当は何を祀ったものでございましょう」と尋ねる。「山霊が待つ」ということわざもあり、金毘羅様は荒神で祟りやすいということを吹聴するのである。

強風に遭って助かり、病気が治ったという話もあるが、一方では、祟られたという話もあるので、そもそも金毘羅様はどんな神様なのかと尋ねたのだろう。博士は「それはこん度高楠博士でも来られた時にお聞きになるが好《い》いでしょう」とお茶を濁す。「高楠博士」というのは仏教学者の高楠順次郎（一八六六〜一九四五）のことである。

その後、車を呼んで船着き場に行き、艀《はしけ》で乗り移った船で大阪に着き、梅田で東海道線に乗り換えて新橋に着き、車で駒込の自宅に帰った。この小説の冒頭は琴平でのやりとりで、虎の門の金毘羅様に参る細君を思い出し、金毘羅様は御利益もあるが、祟りもあるという話を聞いて帰ってきた。講演を終えたのは一月一〇日、東京に帰ったのは一一日のことだった。

「赤さんを入院させると好い」

久しぶりに帰った博士が「子供はどうした」と聞くと、奥さんが「二人とも好く休んでおります。赤さんが昨日から少し咳をいたしますので、なる丈暖《あたたか》にいたして、お帰りになるまでに直してしまいたいと存じていました。ほんのちょいちょいなのでございます」と答える。赤ん坊が少し咳をし始めた「昨日」というのは、奥さんが湯屋に行った日である。博士は「そうか」と言うだけで気にも留めなかった。

「翌日は一月十二日で日曜日である」と、この小説はかなり日にちを丁寧に書く。それは子供が死に至る時間を追ってゆくことでもあった。博士が留守中に来た郵便物を見ていると、六歳の百合は父親が帰ったのが嬉しく、飛び廻っていた。奥さんが赤ん坊の顔を洗って連れてきて、昨晩は目を醒まして牛乳を飲むときに一つ二つ咳をしたが、血色もよかったと説明した。博士が半子をあやすと、目を細くしてにっこり笑うようになっていた。

一三日、博士が大学の講義に行って帰ると、奥さんが不安な顔をして、「只今西田さんが入《い》らっしゃって、丁度お帰《かえ》りになった処でございますが、赤さんの咳がどうも痙攣《けいれん》性の咳のようだから、まだ確《しか》とは云われないが、百合さんを一しょに置かないようにするが好《い》いと仰《おっし》ゃるのでございます」と言う。かかりつけの医者の西田が往診に来てくれたのである。この「痙攣性の咳」が百日咳の特徴だった。診断のお茶を濁すのは病名を下すのが難しいからだが、姉の隔離を指示するのは百日咳の可能性が高いことを示している。百日咳は子供に多い病気で、特有の咳をする。博士は専門家ではないが、西田の言葉から、「ふむ。それじゃあ百日咳かも知れないというのだな」と判断した。

奥さんは、「多分百日咳ではあるまいが、用心はしなくてはならない。大学の病院にも大分本郷から這《は》入《い》って来る子供があると仰ゃるのでございます。十分な事を云えば、赤さんを入院させると好いのだがと仰ゃって、考えて入らっしゃるようでございました」と加える。「多分百日咳ではあるまいが」と否定するが、慰めでしかない。東京帝国大学附属病院に本郷の子供が入ってくるのは、百日咳が流行っていたことを示す。重要なのは「赤さんを入院させると好い」という提案である。明確な診断が下せないものの、痙攣性の咳は百日咳の症状なので、入院を勧めたのである。このときに入院させれば赤ん坊は助かったかもしれないと悔やまれるが、博士は家で診る選択をした。楽観していたのである。

内気な奥さんは博士に力づけてもらいたいが、博士は医学のことはわからないので、西田の判断以上の判断はできず、自分も不安に襲われそうになるのを奥さんに知られないように努めた。博士の住居は渡り廊下でつないだ二棟になっているので、百合を書斎の方に置き、奥さんが赤ん坊を連れて廊下の向こうに越してゆくことにした。隔離をして、家庭内感染を避けようとしたのである。

そこで博士は折々向こうの離れに赤ん坊の様子を覗きに行くが、そのときに百合がついて来そうになるので、賺《すか》したり叱《しか》ったりして一人で行った。半子の様子を見ると、咳が今日は四つ五つ続き、その間にひいというような声を出す。咳が増えてきていた。この「ひい」というのが痙攣性の咳で、百日咳特有の咳だった。「医者が痙攣性だというのはあれだな」と思うが、相変わらず盛んに牛乳を飲み、いいうんこをするので、咳の外には何の変わったこともなかった。

百合には「決して赤さんの傍へ行ってはならない」と言ったが、博士が講義に出かけるので、奥さんは百合と半子の両方の面倒を見なければならない。そこで、今は産婆をしているお栄さんに手伝ってもらうことにした。女中を置くだけでなく、病人が出ると看護婦を雇ったのである。正岡子規が女中を置けず、看護婦も雇えないと述べていたことが思い出される。だが、お栄さんは産婆が本業なので、ときどき呼ばれて出かけている。

「看護婦でも雇って、内で遣って見たい」

二〇日になると、百合が咳をし始める。一〇日ほど遅れて発症しているので、湯屋で直接移ったのは半子だけで、おそらく半子から家庭内感染で移ったのだろう。西田の指示で百合を隔離したときにはもう遅かったにちがいない。

夕方、西田が来て診察するあいだ、赤ん坊はお栄さんに任せきりで、夫婦は百合の傍《そば》についていた。西田が胸部の打診や聴診をし、体温を測っているとき、博士が「どうでしょう」と聞くと、西田が「さようですね」と言って考えるうちに、百合がまた咳をし、奥さんが背中をさすろうとすると「嫌だ」と言う。西田は「百日咳です」と診断を下す。

そこで、「半子のより余程急劇に来たようですが、どういうものでしょうね」と聞く。半子は徐々に悪化したが、百合は急に悪化したので、理由を尋ねたのである。だが、それには答えず、「さあ。兎に角大分大きいお嬢さんですから、予後が宜しいでしょう」と言う。「さあ」と言うので、二人の違いはわからなかった。赤ん坊は大変だが、六歳になっている姉の方は大丈夫ではないかと見ている。

博士は同意しながら、「そうです。大分大きくなっているのですから、どんな処置でも出来ようというものです。何か特別な手段はないものでしょうか」と聞く。赤ん坊にはできないが、上の娘ならば特別な治療法がないか問うのである。この言葉は、新生児の死亡率が高かったことが前提にあるようで、赤ん坊は諦めても、上の娘だけでも助けたいという感じが拭えない。

百日咳に対する特別な治療法を聞くが、西田は、「どうも対症療法しかありませんのです。百日咳には特効薬というものが発見せられていないのですから、自然の経過を見て、対症療法を遣っているのです」と説明する。根本的な治療法はなく、特効薬もないので、対処療法で経過観察をみるしかなかった。そこで、「新薬なんぞはないのでしょうか」と聞くと、「えゝ。Pertussin《ペルツッシン》だとか、Tussol《ツッソオル》だとかいうものもあるのですが、まだ信用が少いので、広沢先生なんぞもお用《もちい》になりません」というやりとりがある。新薬があるが、信用はないので、大学の広沢先生も使っていないというのである。

しかし、「そうですか。半子だからって、百合だからって、別に厚薄はないのですが百合はこんなに大きくなっているのですから、どうぞ精一ぱい出来る丈の事をして見て下さい。新薬なんぞも、功能がはっきりしていなくても好いから、毒にさえならないものなら、なんでも飲ませて見て下さい」と頼む。「別に厚薄はない」と言うが、そう言ってしまうところに命の軽重が見える。今日の生命や人権に対する考え方とは齟齬を来すが、藁にも縋る思いで新薬を頼むのである。それに対して、西田は「えゝ。新薬も一つ聞き合せて見ましょう」と答えている。

西田は処方箋を書いて渡し、「いっそお二人とも入院をおさせなさってはどうでしょう」と提案する。新薬よりも、半子と百合をともに入院させるのが最善の策だと考えたのである。だが、博士は、「看護婦でも雇って、内で遣って見たい」と答える。ここでの選択が誤ったと思われなくもない。そこには、できるだけ看護婦を雇って家で看護をするのがよいという考え方があるのではないか。西田が繰り返し入院を勧めるにもかかわらず、新薬を使うことや看護婦を雇うことで対応できると考えているのはかなり楽観的だ。両者に違いもあるが、解答のない感情がそのまま出ているように見える。

こういう状況に置かれたときの対応は、やはり文学でないと出てこない。そして、今も他人事だと言うことはできない課題である。大丈夫だ、家でもなんとかなるという心理はよくわかる。そう言いながらも、新薬があるならば、効能が不明確でも使って助けたいというのは切実な人情だ。冷静に考えれば支離滅裂で、あのとき入院させておけば助かったのではないかという無念さも残る。

西田は新薬が資生堂にあることを突き止めた。一方、二人とも百日咳だということになったので、隔離をやめて一緒に置いておくことにする。別々にしておくと別々に面倒を見なければならないので、大変だからである。「看護婦でも雇って、内で遣って見たい」と言ったように、翌日、藤江という看護婦を雇っている。お栄さんだけでなく、今度は専門の看護婦を雇って世話をさせるのである。

「あれは金毘羅様に御祈禱をして戴いた切《きれ》なのでございます」

この後、四国の金毘羅とこの状況が接点を持ってくる。一月二二日、博士は二人の子供に被《き》せた布団の襟に赤いフランネルの切れが掛けてあるのを見て、奥さんに、「あの赤い切《きれ》はどうしたのか」と尋ねる。奥さんは看護婦の顔を見て、「お叱りになるかと存じましたが、あれは金毘羅様に御祈禱をして戴いた切なのでございます」と答えた。

奥さんの説明はこうだった。隣の高山博士の奥さんが同い年のお玉さんのところへ百合が久しく遊びに行かないので、昨日わざわざ見舞に来て、「金毘羅様へ祈禱をして貰いに往け」と勧めた。それは朝のうちで、まだ看護婦の藤江も来ていなかったので、「手が放されない」と言うと、「それでは代りに往ってくれよう」と親切に言ってくれ、御祈禱をしてもらった切れが今日届いたのであった。虎の門の金毘羅様に代参して祈禱をしてもらった切れだった。奥さんはそんな馬鹿げた迷信にとらわれてと叱られるかもしれないと思い、「お叱りになるかと存じましたが」と前置きしたのである。

だが、博士は叱ったことはなかった。それを、「どんな迷信にもしろ、それを迷信だというには、代りに遣る信仰がなくてはならない。それが自分にも無いと思っているから叱ったことは無い」と説明する。心理学を研究するが、迷信だと切り捨てるには、それに代わるものが必要だと考えていた。だが、「なる程そうか」と同意するのも難しく、一縷の望みをつなぐのが気の毒になって、笑うことも揶揄《からか》うこともできなかった。

奥さんはこの話のついでに、「これも取留もない事ではございますが」と断って、こんな話をした。


丁度赤さんが咳をし出した十日の晩に夢を見た。子供を二人連れて湯に行くと、どうした事か、二人とも湯の中へ落ちて溺れてしまった。気も狂うばかりに驚いて、女中と二人して、ぐったりとなっている二人の子供を抱えて、湯屋の直隣《じきとなり》の太藺《ふとい》というお医者の内へ往った。このお医者は、風なんぞを引いた時、ちょいちょい見て貰ったことのある人である。二人の子供を受取って、少しお待《まち》なさいと云って、奥へ抱いて這入った。長い間待っていると、ようようの事で唐紙が開《あ》いて、百合さんが出て来た。その跡からお医者が板のように堅くなった赤さんを両手に載せるようにして持って出て、こう云った。「お姉《ね》えさんの方は大きいから生き戻りましたが、赤さんの方は駄目です」と云った。目が醒めてから考えて見れば、その日の午過《ひるすぎ》に二人の子供を連れて湯に往ったとき、赤さんを洗って遣る傍《そば》で、ひどく咳をしている子があった。

それから内へ帰って、赤さんが咳をし出したというのである。奥さんは詞《ことば》を続けてこんな事を云った。

前半は夢だが、「目が醒めて考えて見れば」とあるので、途中からは覚醒している。これは一月一〇日のことだった。琴平にいた博士が、今頃奥さんが女中と一緒に姉娘と赤ん坊を湯屋に連れて帰る頃ではないかと想像した通りだった。奥さんは傍で咳をする子が気になって、その晩に夢を見たのだろう。その夢が正夢のようになってゆく。

さらに奥さんは、「詰まらない事ではございますが、西田さんにも、お心安いもんですから、夢の話をいたしたのでございますよ。西田さんの仰ゃるには、どうもどちらがお亡くなりになっても行けないのですから、正夢だとも逆夢だとも申されませんねと、そう仰ゃるのでございます」と添えた。やはり、奥さんが「詰まらない事ではございますが」と前置きするのは、夫に軽蔑されたくないからだろうが、気安い西田には先に夢の話をしていた。西田は、子供たちのどちらが亡くなってもよくないので、正夢とも逆夢とも言えないと答えた。金毘羅様の祈禱の話をしたついでに、気になっていた夢の話も打ち明けたのである。不思議なことだが、この小説の最後は夢の通りになってゆく。

二月五日は半子の死んだ日だった。しかし、博士は強情に学校にだけは出て帰った。非情だと思われるが、留守の間に、西田が羯布児《カンフル》を度々注射したり内服させたりして、「先生のお帰になるまでは持ちます」と言って帰った。興奮剤を使って心臓を持たせたのだろう。お栄さんが「赤さんが行けないようでございます」と言って、百合の方にいた奥さんを呼んだのは、ちょうど博士が帰宅して玄関で靴を脱いだのと同じ瞬間だった。

博士は最後の呼気が力なげに洩れ出るのを見、お栄さんは黙ってうつむき、奥さんは「半子さんや半子さんや」と二声呼んだ。隣の間に寝させてある百合に聞かせたくないので、泣くのを我慢するが、涙がぽろぽろ落ちた。博士は兼ねてこの赤ん坊が死んだらどんなにか悲しかろうと思っていたが、自分の悲しさが意外に淡く軽いのに驚く。どうも、赤ん坊の死に対する感覚が現代とは違うようである。赤ん坊は仕方がなくても、姉の方は助けたいという生命の軽重を測る感覚があったが、それは悲しさの淡く軽いのと対応している。

この心理を、「期待していた悲痛は殆ど起らないと云っても好《い》い。博士は只心の空虚の寂しみを常より幾らか切に感じたばかりである。それと同時に、博士には此一間《ひとま》の光景が極端に客観的に、憎むべき程明瞭に目に映じた」とする。博士は心が空っぽになるが、そういう悲しみに沈む自分を客観視している。

その場の様子は詳細で、「炭をくべる事を忘れたので、火の気《け》の弱った火鉢に載せてある金盥《かなだらい》の、煮え詰まった濁水からは、糸を乱したような蒸気が、低く微《かす》かに立っている。二三枚の盆には、いろいろの内服薬や注射薬やが載せてある。口を切ったばかりのボオルの箱に這入《はい》っているDigalen《ヂガアレン》の瓶もある。今朝から哺乳器の奶頭《ちくび》を含まないようになったので、小さい茶碗に入れた牛乳を、お栄さんが晒しの切《きれ》に吸わせて、口に入れて遣った残りもある」というのは、部屋の風景である。

「Digalen《ヂガアレン》」というのはジギタリスで、毒性の薬だが、心臓を強くするために飲ませたり注射したりしたらしい。自身を客観視すると同時に、残された風景が目に入ってくる感覚である。

そして、健康で眠っているように見える赤ん坊、蒼い頬のお栄さん、泣いて赤くなった顔の細君、立っている自分までが芝居の舞台に出ている人物のように見えている。現実としての認識が困難であったことがわかる。博士は自分がそのような傍観者の位置に立っているのが不愉快でたまらなかった。当事者なのに冷めていることに対して不愉快に思うのである。博士は奥さんに、「己《おれ》は少し考《かんがえ》があるから、赤さんを此儘《このまま》そっくりして置け」と命じる。この「考」というのはデスマスクを取ることだった。博士は石田という人を呼びに行って、デスマスクを取ったのである。

「赤ん坊と違って、いろんな記念を残しているのだからな」

その後、牧野という人に頼んで半子を納棺し、火葬に送り出す。棺を用意して、奥さんが赤ん坊を最後に抱いて納棺し、牧野が連れて来た人足に寝棺を担がせて出て行く。その提灯の光を、奥さんは北向の間の戸を開けて見送った。牧野に頼んで火葬してもらうのだが、この人は葬儀屋ではなく、博士の旧主人の邸で家従を務めていた老人であった。こうした人が取り仕切ったのである。

重要なのは博士と奥さんが火葬に行かないことである。牧野が頼まれて火葬し、骨壺を持ってくるので、一切関わらない。二月七日、火葬のあいだ、博士は学校に出ている。百合のことが頭の中を行き来するが、「そんな心配が出来るだけ頭が恢復したのであろう」と思うのは、心配ができるくらい感情が戻ってきたことを意味する。一方、「それから赤ん坊はどうしたか知らん」と思って、

「あれは亡くなったのだっけ」と自ら打ち消して、物寂しく不快な感に打たれる。

博士が帰宅して書斎に入ると、百合が異様な低い声で泣き続けている。傍についていた奥さんは、このときやっと顔を上げた。奥さんは、「余程居り合いましたのでございます。先刻一番ひどかった時には、わたくしの手をこんなに致しましたの」と言って、袖をまくって見せた。二の腕が蚯蚓《みみず》腫《ば》れになっているのは、百合が苦しさのあまり引っ掻いたからだった。このときは静まり落ち着いていたのである。

博士が、「西田君は何と云ったか」と聞くと、「尿毒症だとか仰ゃいましたようでございます。兎に角余程」と答える。百合は肺や心臓が相当弱っていたようだ。奥さんが百合を見て涙ぐむのは、この子まで失うのかという思いがあったのだろう。その中で、「百合さん丈は大きいから助かる」というのが唯一の頼みだった。線香の煙の棚引く机の上には、遺骨の壺と半子の写真が飾られていた。

八日は土曜日で、西田の先生の広沢教授が往診に来てくれる日だった。博士が昼過ぎに帰宅して、急いで百合のいる部屋に入って見ると、奥さんは目の縁が赤く腫れていた。博士が書斎へ呼び出し、小声で「広沢教授は何と云われたか」と尋ねると、奥さんの目から涙がこぼれ、「とても助からないそうでございます。もう一日持つか二日持つか分からないと仰ゃいますの」と答える。博士は言うべき言葉がなく、奥さんは「赤さんの方は可哀そうではございましても、まだ馴染が重なりませんせいか、そんなにも存じませんが、百合さんが亡くなってしまいましたら、どんなだろうと考えますと、堪《たま》りませんのでございます」と続ける。同じ子供でも、赤ん坊は馴染みがないせいか悲しみが湧かなかったが、百合が亡くなったら、悲しみのどん底に突き落とされると考えるのである。

奥さんは続けた。「来年は学校へ参るのでございますよ。鉛筆でこないだ中書きました以呂波《いろは》や画なんぞを、跡になってから見ましたら、どんなでございましょう。それからいろんな時のことを覚えているのを、思い出さないわけには参りますまい。去年展覧会へ連れてまいりましたとき、ちょろちょろと先へ駆け抜けては、振り返って笑いましたのなんぞを、跡になって思い出しましたら、どんなにかせつなかろうと存じますと、どうもわたくしは」と。

来年は小学校入学で、鉛筆でいろは歌や画などを書いたので、残された物をあとで見たらどんなに悲しいだろうと想像した。赤ん坊の場合は記念品さえなかったが、百合には多くの記念品があった。記念品だけでなく、たくさんの思い出があるので、それを思い出してしまうと考えた。やはり二人の子供に対する認識はずいぶん違っていたのである。

博士も奥さんに共感し、「そんな馬鹿な事を言っては行けないと云いたいが、実は己《おれ》も同じような心持がするのだ。なんにしろ赤ん坊と違って、いろんな記念を残しているのだからな。玄関には赤い緒の小さい草履や下駄がある。どの間《ま》にも人形があるとか、小さい着物があるとかいうように、何かしらあるのだ。いよいよ行けないと聞いてから、それを見ては堪らない。草履を見れば、もうあれを穿《は》くことはないのだなと思う。人形を見れば、もう抱いて歩くことはないのだなと思う。其度に神経を刺戟《しげき》するのだ。百合さんは生きている間《あいだ》は、一時間でも一分間でも、飽くまで大切にして遣らねばならないが、あの方々に散らばっている記念品丈は、ちっとも早く皆片附けてしまうが好い。何かに入れて目に触れない処に隠してしまうが好い」と話す。

いろは歌や画に加えて、博士は、百合の草履、下駄、人形、着物があり、そういった物を目にするのはつらいので、見えない場所に隠すのがいいと考えた。実は、そこには深いわけがあった。「奥さんに何か器械的な為事《しごと》を授けて、まぎらして遣ろう」という思いやりである。自分が目にしたくないだけでなく、悲しみに沈む奥さんに何かすることがあれば気が紛れるだろうと考えたのである。そうしているところに、牧野が赤ん坊の葬儀の相談にやってくる。そのとき博士は、「少し考があるから、二三日後にする」と言う。百合もだめかもしれないので、一緒に葬式をしてやろうという思いだったのである。

「牛と葱《ねぎ》を食べさせて遣ろう」

九日、看護にあたる藤江が胸の湿布を止めようとしたとき、一つの事件が起きた。そのとき、百合が「為《し》ないと直らないから」とはっきり言ったのである。それまで「為ないと病気が直らないから」と言い聞かせられていたので、娘は「為て貰いたい」と望んだのである。これは生きたいという意思表示だった。

夕方、お栄さんが持ってきた雪平を看護婦の藤江が受け取って、蒸気を立たせてある金盥を下ろして掛けたとき、百合が何か言ったが、博士は意味がわからず、「えゝなんだい」と聞く。傍にいた看護婦が耳を近づけて聞き、「牛と葱《ねぎ》と仰ゃるようでございますね」と通訳する。博士の耳には「にゅうとねい」と聞こえたので、わからなかったのである。それで、「牛と葱が食べたいのかい」

と確かめると、百合は合点合点をする。

博士は奥さんと目を見合わせ、何となく驚異の念に打たれる。もうだめだと思っていた百合が食欲を出したので、「牛と葱を食べさせて遣ろう」と言って、急いで西洋料理屋に、上等のロースを挽肉にしてビフテキのように焼き、柔らかい葱をバターで炒めたのを付け合わせてくれるように、という口上書を書いて使いを出した。

博士は百合の被布団《きぶとん》の上に掛けてある迷信の赤い切れを信じなかった。この赤い切れは金毘羅様の祈禱の切れである。それならば、医者の口から出る科学の食養生なら、絶対的に信じるかというと、そうでもなかった。迷信も信じないし、科学を信じるわけでもないが、自分には医学の知識がないので、医者の言うとおりにした。だが、絶対的に医療を信じているわけではなかった。

小便の量が減って尿毒症ではないかと言われても、大便には別に変わったことがなかった。医者に見限られても、牛と葱を食べたいと言うのを拒むのは杓子定規である。食べたいものを食べさせるというのは、ある意味では医療に対する批判であるが、正岡子規が薬よりは食べる方がいいと考えていたことが思い出される。迷信でもなく、科学でもなく、食べる力が命を救うという考えは、子規から一貫しているように思われる。

奥さんは博士の行為に呆れていた。それを、「勿論、所詮死ぬるものだから、食べさせるというのだろうという丈のわけは分かっている。それ丈のわけは分かっていながら、死ぬると云われたものも、助かることがあるかも知れないのに、そんな冒険はさせたくないと、女性的に反対して見る丈の意志の働《はたらき》もない程、心が疲れているのである。看護婦は不服には相違ないが、大人しい女なので、博士に遠慮して黙って見ている」と書く。奥さんは疲れ切っていたが、博士は食べれば生きられるという考えを持っていたのである。

そのうち牛と葱が来て、博士はお栄さんに温めるように言いつけ、百合に食べてみるよう勧める。百合は牛、葱、お粥を一口ごとに注文して、ビフテキを三分の一ほど食べ、粥もお代わりをした。博士はその後の成り行きを心配したが、咳は出ても吐きもせず、そのまま落ち着いてきた。しばらくして西田が泊まりに来たが、誰も牛と葱の話をする者はなかった。百合が牛と葱で快復したとは言えなかったのである。

これが百合の病気のよくなる初めで、それから一日一日と快復したので、赤ん坊の葬儀もこっそり済まされた。半子が亡くなったのが二月五日、百合が快復に向かったのが二月九日だった。一カ月近く経った三月一〇日には、腰の抜けたようになった百合が床《とこ》の上に起きて座り、奥さんが柳行李に入れて隠したおもちゃを出してもらって遊ぶようになった。

そして、「どんな名医にも見損うことはある。これに反して奥さんは、自分の夢の正夢であったのを、隣の高山博士の奥さんと話し合って、両家の奥ではいよいよ金毘羅様が信仰せられている。哲学者たる小野博士までが金毘羅様の信者にならねば好いが」とこの小説を結んだ。

二人の医者の診断は誤ったが、奥さんは自分の見た夢が正夢であって、科学と信仰の争いは後者が勝ったように見えるが、「哲学者たる小野博士までが金毘羅様の信者にならねば好いが」と揶揄する。鷗外は自分をモデルに小説を書いていながら、その世界に語り手を介在させて批評を述べる。

これが「金毘羅」という小説の最後である。四国の金毘羅様の御利益と祟りの話が、奥さんの信じた金毘羅様の祈禱の切れを介して、この小説の中に緊張感を作り出している。家族を題材にした自伝的な小説であることはおいても、やはり森鷗外は実にうまい書き手だと言っていい。「金毘羅」というタイトルがこの小説の中で決して浮いていない。信仰と医療の狭間に置かれた家族が感染症と格闘し、六カ月の男の子が亡くなり、六歳の女の子は助かった。その中で見えてきたのは、食べる力が命を救ったということだったのではないか。もちろん、そこには生命に対する考え方が現代とは違うことも見えてきた。

実は、長女の森茉莉（一九〇三〜八七）は、この「金毘羅」を踏まえて、一九四九（昭和二四）年に「二人の天使」と「注射」、一九五三（昭和二八）年に「「半日」」という文章を書いている（後に『父の帽子』筑摩書房、一九五七年に収録）。「注射」「「半日」」には、子供の苦しむのを見た父と母が医者の仄《ほの》めかしに乗って注射を肯定するが、そこに母方の祖父が来て中止したことを書く。この「安楽死《ユウタナジイ》」をめぐる場面は「金毘羅」には見られない。父の鷗外は書かなかったが、感染症をめぐってさらに重大な課題があったことが暗示されている。

病と臨死体験――柳田国男『遠野物語』の中の腸チフス

「お前も来たのか」

柳田国男の『遠野物語』（私家版）は、遠野の人・佐々木喜善から聞いた不思議な話を一一九話に整理して、一九一〇（明治四三）年六月に発行された。個々の話は短いが、そこに人生の大事な一齣が凝縮して語られている場合が少なくない。その中には、生と死の間にある病気がしばしば見られる。その際、不思議な病気の原因はしばしば祟りとして解釈された。カクラサマと遊ぶ子供を叱って祟りを受け病んだり（七二話）、鳥御前が山の神たちの遊ぶのを邪魔したために祟りを受けて死んだり（九一話）といった話が見つかる。

そうした民間の信仰に関わる話の他に、感染症が原因で病気になったとする話もある。それは、菊池松之丞が傷寒《しょうかん》を病んだという話である。傷寒というのは腸チフスの類で、この病気はチフス菌によって引き起こされる感染症である。かつてはしばしば発生したが、衛生状態の改善によって減少し、ほとんどは輸入感染症の事例になっている。

それはこんな話である。

九七　飯豊《いいで》の菊池松之丞と云う人傷寒を病み、度々息を引きつめし時、自分は田圃《たんぼ》に出でゝ菩提寺なるキセイ院へ急ぎ行かんとす。足に少し力を入れたるに、図らず空中に飛上り、凡そ人の頭ほどの所を次第に前下《まえさが》りに行き、又少し力を入るれば昇ること始《はじめ》の如し。何とも言われず快し。寺の門に近づくに人群集せり。何故《なにゆえ》ならんと訝《いぶか》りつゝ門を入れば、紅《くれない》の芥子《けし》の花咲満ち、見渡す限《かぎり》も知らず。いよ〳〵心持よし。この花の間に亡《な》くなりし父立てり。お前も来たのかと云う。これに何か返事をしながら猶《なお》行くに、以前失いたる男の子居りて、トッチャお前も来たかと云う。お前はこゝに居たのかと言いつゝ近よらんとすれば、今来てはいけないと云う。此時門の辺《あたり》にて騒しく我《わが》名を喚ぶ者ありて、うるさきこと限なけれど、拠《よんどころ》なければ心も重くいや〳〵ながら引返したりと思えば正気付きたり。親族の者寄り集《つど》い水など打ちそゝぎて喚生《よびい》かしたるなり。

腸チフスの症状には高熱などがあるが、「度々息を引きつめし時」というのは呼吸困難に陥ったことを指すのだろう。その結果、意識障害が起こったと言ってもいい。だが、松之丞は魂が肉体から遊離し、土淵《つちぶち》村飯豊の家から青笹村にある菩提寺の天英山喜清院へ向かった。魂が喜清院に向かう際に、頭の高さを前下がりに行き、少し力を入れると、上昇した。浮遊が快感だったことが語られる。

喜清院の門の中に人が群集していた。この門がこの世とあの世の境界になっていて、門の中は、赤い芥子の花が見渡すかぎり咲き満ちた死者の世界である。死者の世界は「美しい処」（拾遺一五五話）として語られる。死者の世界も快感だった。芥子の花の間に死んだ父親がいて、「お前も来たのか」と言うので、何か返事をしながら先に行った。すると、以前亡くした男の子がいて、「トッチャお前も来たか」と言うので、「お前はこゝに居たのか」と言いながら近づくと、「今来てはいけない」と止められた。死んだ父親、死んだ息子との再会である。

しかし、そのとき、通り過ぎた門の辺りで、騒々しく自分の名前を呼ぶ声が聞こえた。うるさいことこの上ないが、仕方がないので、重い気持ちで引き返したところ、そこで意識が戻った。名前を呼んだのは、親族の者が病床に寄り集まって、顔に水などを掛けながら呼び生かす声だったのである。

かつて死にそうになった人の名前を呼び、水を掛けて蘇生させることがあった。これは遠野に限らず、各地で行われた民間療法である。だが、『遠野物語』が重要なのは、死者の世界で再会した息子は喜びながらも、松之丞に「今来てはいけない」と拒絶した。親族の者も松之丞をなんとか生かしたいと懸命である。本人はもとより、死者と生者の相互の力で生かされたのである。

『遠野物語』が「題目」で「魂の行方」とし、一九三五（昭和一〇）年の『遠野物語　増補版』の「遠野物語拾遺」が「題目」で「魂の行衛」とした話には、こうした臨死体験がいくつかある。菊池松之丞の話も繰り返し語られた臨死体験の一話である。佐々木喜善は飯豊に親類があるので、そこに行ったときに、松之丞本人か親族の者からこの体験談を聞いたにちがいない。喜清院は今もある古刹で、静かなたたずまいを残し、本堂の脇には墓地が続く。

「三度も姥神様《うばがみさま》に呼び起された」

『遠野物語』には見られないが、遠野で最も恐れられた感染症は疱瘡（天然痘）だった。疱瘡は感染力が強く、致死率も高いので、たいへん恐れられた。しかし、幕末に種痘法が日本にも伝えられ、予防接種によって一八八五（明治一八）年以降、患者数は激減し、大流行はなくなった。

拾遺二六二話が「今はあまり行われぬ様になったことであるが」と前置きをして始めたのはそうした歴史と照応している。「今はあまり行われぬ様になった」とあるのは、小規模ながら発生があり、すっかりなくなってしまったわけではなかった。WHO（世界保健機関）が世界から疱瘡が根絶されたことを宣言したのは、一九八〇（昭和五五）年のことだった。

その上で、こう説明する。以前は疱瘡にかかった者があると、まず神棚を飾って七五三縄《しめなわ》を張り、膳を供えて祀った。病人には赤い帽子を被らせ、赤い足袋を履かせ、寝具も赤い布の物にした。そのようにして三週間で全治すると、酒場という祝いをした。親類縁者が集まって、神前に赤飯を供え、赤い紙の幣束を立て、藁人形に草鞋《わらじ》と赤飯の握り飯と孔銭《あなせん》（旅銭）を添えて持たせ、道ちがい（追分）に送り出したのである。まだ疱瘡を病まない者には、なるべく病気の軽かった人の送り神が歓迎された。

民間の療法で疱瘡にどのように対処していたか、そのシステムができていたことが知られる。病人に赤色の物を着せることで疱瘡から守ろうした様子もわかる。そして、感染した疱瘡を藁人形につけて、村境から送りだすのである。雨風祭の藁人形や虫送の藁人形を道ちがいに送る年中行事もあった（一〇九話）。雨風や虫の災厄を村の外に送り出し、村の中に入れない呪法に藁人形が使われるのと同様である。

まだ疱瘡に感染していない人に症状の軽かった人の送り神が歓迎されたというのは、百日咳と同じように、疱瘡は一回感染すると抗体ができて、生涯感染しないことによる。症状の軽い人の送り神を信じれば、たとえ感染しても軽くすむと信じられたのである。

なお、こうした疱瘡の神がどのように信じられていたのかを知ることのできる話が「遠野物語拾遺」の中に次のように残っている。

> 五六　遠野町の政吉爺という老人は、元は小友村字山室《やまむろ》で育った人である。八九歳の頃、村の鎮守篠権現《しのごんげん》の境内で、遊び友達と隠れガッコに夢中になって居るうちに、中堂の姥神様《うばがみさま》の像の背後《うしろ》に入り込んだ儘《まま》、何時の間にか眠ってしまった。すると、これやこれや起きろという声がするので目を醒まして見ると、あたりはすっかり暗くなって居り、自分は窮屈な姥神様の背中に凭《もた》れていた。呼び起してくれたのは、此姥神様なのであった。外へ出ようと思っても、何時の間にか別当殿が錠を下ろして行ったものと見え、扉が開《あ》かないので、仕方なしに其処《そこ》の円柱に凭れて眠りかけると、又姥神様が、これこれ起きろと起してくれるのであったが、疲れているので眼を明《あ》けて居られなかった。こうして三度も姥神様に呼び起された。其時、家の者や村の人達が多勢で探しに来たのに見附けられて、家に連れ帰られたと謂う。此姥神様は疱瘡の神

様で、丈《たけ》三尺ばかりの姥の姿をした木像であった。

政吉爺が子供の頃にふるさとの小友村で体験したことを語った話である。村社の篠権現の境内で友達とかくれんぼをしていて、姥神様の像の背後でつい眠ってしまい、姥神様に「これやこれや起きろ」と三度も起こされたという。子供が夜になっても帰宅しないので、家族や村人が関連する場所を捜索したのである。それは神隠しに遭った子供を捜すような感じだったにちがいない。だが、神隠しではなく、子供は中堂で寝ているところを発見されたのである。

「題目」が「子供神」に分類するように、これは「子供と遊ぶ神仏」という類型に入る話の一つである。子供を好んだ姥神様は三尺ほどの姥の姿をした木像で、疱瘡の神様だったという。なぜ姥神様が疱瘡の神様となったのか、その由来はわからないが、おそらく疱瘡に感染した者がこの姥神様に祈願して助かったという霊験譚が語られ、そこから生まれたのであろう。疱瘡に感染しないように、感染しても軽くすむように姥神様に祈願したのである。だが、政吉爺が疱瘡に感染したとは語られていない。疱瘡の神様と子供と遊ぶ神仏の間には密接な関係はなかったことになる。そうした変化の背景には、遠野でも次第に疱瘡の恐怖が薄れてきたことがあったにちがいない。

不愉快な顔をした病人の家——石川啄木『一握の砂』および日記と結核

「年ごとに肺病やみの殖《ふ》えてゆく」

正岡子規の短歌革新を受けて、与謝野晶子、石川啄木はそれぞれ恋愛の歌、生活の歌で近代短歌を大きく変えた。啄木は一八八六（明治一九）年に岩手県で生まれ、一九一二（明治四五）年に東京で、二六歳の若さで亡くなった。死因は結核だった。

短歌に比べて評価が低いためあまり知られていないが、啄木は小説も書いている。一九〇九（明治四二）年一月に雑誌『スバル』に発表した小説「赤痢」は、まさに感染症を主題にした小説だった。赤痢が蔓延して、ひっそりと静まりかえった村の動向を描く。それはまさにロックダウンされたような不気味な風景だった。

だが、やはり重要なのは一九一〇（明治四三）年一二月に発行された歌集『一握の砂』だろう。一九〇八（明治四一）年から詠んだ一〇〇〇余首の歌の中から五五一首を選んで載せた。啄木の場合もふるさとを離れて東京に出て、立身出世を目指した。『一握の砂』は東京に出ることで意識されたふるさとを頻りに詠んだ。望郷心は男性特有ともいえるメンタリティーだが、啄木にはとりわけこれが強い。
なかでも、「煙」の「二」に載った歌群には、結核を詠んだ歌が散見する。

かの村の登記所に来て
肺病みて
間もなく死にし男もありき

肺結核が原因であっけなく死んでしまった男を詠む。この男は、あの村の登記所に来たというので、不動産か何かの登記に訪れたが、まもなく死んでしまったのである。登記所に来たのは、死が近いことを意識した行動だったにちがいない。だが、それが遺産相続だったのかどうかはわからない。まるで一編の短編小説ができそうな歌である。

その名さへ忘られし頃
飄然とふるさとに来て
咳せし男

ふらりとふるさとに戻って来て咳をしていた男は、その名前さえ時が過ぎて思い出せなくなっていた。この「咳」もおそらく肺結核の咳だろう。この男は何かの理由があって、ふるさとを出たが、そこで感染して戻ったのであろう。いったんふるさとを捨てた男は立身出世したわけでもなく、夢破れて戻ったにちがいない。だが、啄木はその名前をすでに忘れてしまっていたのである。

肺を病む
極道地主の総領の
よめとりの日の春の雷《らい》かな

肺結核を病む極道地主の長男が嫁取りをした日に、春雷がしたことを詠む。「極道」は土地を買い占めた悪事か、それとも、女遊びの放蕩か、よくわからない。総領は結婚して安定的な家庭生活を望んだことは確かだろう。だが、この後、肺結核が軽く済んで円満な家庭生活を送ったのか、それとも肺結核が悪化して亡くなったのか、それもわからない。わかるのは、春遅い村で盛大な嫁取りをしたということだけだ。

重要なのは次の歌である。

年ごとに肺病やみの殖《ふ》えてゆく
村に迎へし
若き医者かな

年を追うごとに肺結核の患者が増えていく、その村に若い医者を迎えたという歌である。宮本吉次の『啄木の歌とモデルの人々』(妙義出版、一九五六年)によれば、この「若き医者」は、一九〇二(明治三五)年、渋民村に迎えた瀬川彦太郎のことという。別に「ふるさとの村医の妻」を詠む歌もあるが、これはその人の妻だろう。年々肺結核の患者が増加するというのは、渋民村も近代化の流れに巻き込まれたことを意味する。無医村もあった時代なので、新しい医学を学んだ若い医者を村医として迎えるというのは、村をあげた事業だったにちがいない。

『一握の砂』には、戦争・貧困・暴力といったことだけでなく、肺結核という感染症も詠まれていた。このときはまだ肺結核の患者は他者だったが、没後の第二歌集『悲しき玩具』では、啄木自身が患者になる。冒頭の一首は次の歌だった。

呼吸《いき》すれば、
胸の中《うち》にて鳴る音あり。
凩《こがらし》よりもさびしきその音!

「医者に見せたくても金がない」

啄木は一九一二年に亡くなった。この年の一月一九日の日記には次のようにある。

十三日か十四日の晩から、せつ子と京子を隣室へ母と一緒に寝せることにした。せつ子はやっぱり咳がはげしいので、炊事向は万事また母一人でやっていたが、その母が二三日前から時々咳と一しょに血を吐くようになった。それでもせつ子は、自分は薬を怠けて飲まずにいたりする癖に、水まで母にくませていた。あまり顔色がよくないので、今夜熱を計ったところが、三十八度二分、脈拍百〇二あった。医者に見せたくても金がない。兎も角二三日は寝ていて貰うことにした。『明日から私がします』とせつ子が言った。

せつ子は妻の節子、京子は娘。節子は咳がひどいので、炊事向きはすべて母のかつがやった。だが、母が二、三日前から時々痰と一緒に喀血した。結核の症状が進んでいた。最初に感染したのは母で、一九一〇年四月には体調を崩し、それが啄木、そして妻に家庭内感染した。母の熱は三八度二分、脈拍は一〇二あった。薬は飲んでいたが、医者に見せたくても金がない。啄木の生活は貧困のどん底だった。医者に見せられないだけでなく、食べるのにも苦労した。子規と比べても経済格差が大きかったと言わねばならない。

京子も今日はよかったようだが、二三日来また少し熱があった。私の家は病人の家だ、どれもこれも不愉快な顔をした病人の家だ。『おれは去年の六月、とう〳〵お前が出てゆかない事になった時から、おれの家の者が皆肺病になって死ぬことを覚悟しているのだ。』こんな事を今朝言ってみた。私の熱も三十八度一分まで上った、そうしてもう薬がとうに尽きている。

京子が微熱を出したのはやはり感染である。啄木は「私の家は病人の家だ、どれもこれも不愉快な顔をした病人の家だ」とつぶやく。それはこの家の状態を端的に表している。誰もが結核に感染して発熱しているので、まさに「病人の家」と言ってよかった。しかも、みな病人なので、だれもが互いに不愉快な顔をしている。

この一九日朝、妻と喧嘩して言ったことが、そのまま出てくる。「去年の六月、とうとうお前が出てゆかない事になった時」というのは、一九〇九（明治四二）年六月、小樽に置いてきた家族も歌人の宮崎郁雨（一八八五～一九六二）に連れられて上京し、本郷弓町に移ったことを指す。そこで家族が一緒に暮らし、運命共同体になり、「皆肺病になって死ぬ」ことを覚悟したのである。啄木自身も発熱したが、医者にも行けず、薬はすでになくなっていた。極貧の状態だった。しかし、この日の日記の最後には、「去年のうちは死ぬことばかり考えていたっけが、此頃は何とかして生きなければならぬと思う」と結んだ。

啄木のことは、金田一京助（一八八二～一九七一）をはじめ、多くの人たちが世話をし、啄木もあつかましく借金を重ねた。周囲は啄木を入院させようとしたが、啄木は母のことなどがあり、入院を拒んだ。これが、啄木が亡くなる三カ月前の正月の風景だった。

「私の家は病人の家だ」と書いた啄木の日記を高く評価したのは、フランス文学者の桑原武夫（一九〇四～一九八八）だった。桑原は「啄木の日記」で、「結核。啄木の一家を全滅せしめるこの病菌は、彼の幼時からつとに石川家に潜入していた」とし、一族の病歴を述べ、「一たい誰を誰から守ろうとしているのか、涙を禁じえぬほど腹立たしくなる」と憤った。啄木の場合も食器を混同しないようにしたが、徹底しなかった。誰かが看護人となって誰かを守ることもできず、全員が病人になってゆく。啄木の家こそ「病毒貯蓄所」と呼ぶにふさわしい。

この後、三月七日に母のかつ、一カ月後の四月一三日には啄木が亡くなった。この日記を書いてから三カ月後には、二人はいなかった。六月一四日、妻の節子は次女の房江を産み、遺児二人を連れて函館の実家に行く。節子も翌一九一三（大正二）年五月五日に結核で亡くなった。結局、かつ、啄木、節子、悉く肺結核で亡くなった。啄木の家は感染を食い止めることができず、腹立たしくなるほどの貧しさゆえに病状は急速に悪化し、長くは生きられなかったのである。

だが、桑原武夫はこうも述べた。「尾崎紅葉、谷崎潤一郎の日記にたれが関心をもとう。これに反して、不可抗的な探求の探求をかきたてるものとして啄木の日記があるのは、彼が日本近代文学者中、もっとも偉大とはいえなくとも、もっとも切実な仕事をした一人だからである」と。

日本人の便宜主義に抗して
――与謝野晶子「感冒の床から」とスペイン風邪

「目前主義や便宜主義の性癖の致す所だと思います」

与謝野晶子（一八七八～一九四二）は、石川啄木と並ぶ近代短歌の改革者であった。歌集『みだれ髪』のほかに多くの歌集を残しただけでなく、『源氏物語』の現代語訳や日露戦争の反戦詩など、多くの文学活動を展開した。それだけでなく、多くの時評を書いている。

感染症に関わって重要なのは、一九一八（大正七）年一一月の「感冒の床から」と一九二〇（大正九）年一月の「死の恐怖」で、どちらも『横浜貿易新報』に載った。スペイン風邪が流行するまさにその渦中で、晶子が書いた文章だった。最初の「感冒の床から」から取り上げてみる。

スペイン風邪は世界全体に流行した。晶子は新聞を通して、感染症が世界に拡大したことを知った。その拡大は交通機関の発達に伴うものだった。船はもちろん、この時期には鉄道網も発達した。日本国内でも、鉄道に沿って感染が拡大したことが知られている。交通の発達が世界中に感染爆発を引き起こしたと言っていい。

晶子はスペイン風邪の感染力が甚大であることに驚く。家では一人の子が小学校で感染してくると、家族全体に順々に感染してしまった。家庭内感染である。だが、夏に備前の海岸へ行った二人の男の子だけはまだ感染していなかった。晶子はそれを海水浴の効験と見て感心している。海水浴で鍛えた体力が免疫力を上げたのだろうか。

東京でも大阪でもスペイン風邪から急性肺炎を起こして死ぬ人の多いのは、新聞に死亡広告が増えたので想像することができた。文壇では島村抱月（一八七一〜一九一八）が亡くなったのは損害だったという。恋人の女優・松井須磨子（一八八六〜一九一九）はそのショックで、翌年自ら命を絶ってしまう。今ならば、感染症関連死ということになる。

この状況を目にした晶子はこう述べた。

盗人を見てから縄を綯《な》うと云うような日本人の便宜主義がこう云う場合にも目に附きます。どの幼稚園も、どの小学や女学校も、生徒が七八分通り風邪に罹って仕舞って後に、漸く相談会などを開いて幾日かの休校を決しました。どの学校にも学校医と云う者がありながら、衛生上の予防や応急手段に就《つい》て不親切も甚だしいと思います。米騒動が起らねば物価暴騰の苦痛が有産階級に解らず、学生の凍死を見ねば非科学的な登山旅行の危険が教育界に解らないのと同じく、日本人に共通した目前主義や便宜主義の性癖の致す所だと思います。

「盗人を見てから縄を綯う」は、急場に臨んでからあわてて対策を立てることをたとえる。このことわざを引いて、スペイン風邪が急激に拡大してからあわてて対応している状況を印象深く述べた。

それを「日本人の便宜主義」と呼び、さらに、「日本人に共通した目前主義や便宜主義の性癖」と言い換える。こうしたその場主義を日本人の国民性だと言うのである。

こうした感染症が世界で拡大しているにもかかわらず、島国気質なのか、対岸の火事で関係がないと見る性癖は、一〇〇年が経った今もまったく変わらない。そして、その便宜主義を肯定的に捉えて、反省するところがない。その結果、また同じ失敗を繰り返すことになると言えば、思い当たることは少なくない。

晶子は、幼稚園・小学校・女学校の生徒が七、八割感染してから後で保護者会を開いて、やっと休校を決めたことを批判する。これも便宜主義によるが、あまりにも遅すぎる。なんとかなるのではないかという楽観主義が、その背景にあるにちがいない。

どの学校にも学校医がいるのに、衛生上の予防や応急手段についての不親切は甚だしいと、批判はさらに鋭い。この年の夏に富山県魚津から始まった米騒動や、無謀な山登りによる学生の凍死事件を引き合いに出して、経済界や教育界の無理解を批判する。この日本人の便宜主義は、感染症と同じように、日本の隅々まで蔓延していると見ている。

米騒動のときには主な都市で五人以上が集まって歩くことを禁じたという。集会禁止の戒厳令と言っていい。複数の人が集まれば暴動を起こすと恐れたのである。だが、感染力の強いスペイン風邪の被害は米騒動の一時的局部的の被害とは違い、大多数の人間の健康と労働力を奪う。健康どころか生命まで奪い、その結果、労働力を削減してしまうことになると述べているが、それが経済の疲弊になるということは出てきていない。

そして、「政府はなぜ逸早くこの危険を防止する為に、大呉服店、学校、興業物、大工場、大展覧会等、多くの人間の密集する場所の一時的休業を命じなかったのでしょうか」と政府批判に及ぶ。このときは大規模な密集を避けるため緊急事態宣言のような政策を出さなかったので、感染が蔓延したと見ているのである。一方で、「そのくせ警視庁の衛生係は新聞を介して、成るべく此際《このさい》多人数の集まる場所へ行かぬがよいと警告し、学校医もまた同様の事を子供達に注意して居るのです」と対応の不徹底さを指摘する。「成るべく此際多人数の集まる場所へ行かぬがよい」のような発言は、今もまったく変わらない。

こうした社会的施設に対する統一と徹底が欠如しているために、国民は多くの避けられるはずの禍を避けられずにいると批判する。公共の施設やイベントを休業すれば感染者が減ることは明らかなのに、それをしないために国民に感染が無闇に拡大しているというのである。その不徹底さの背景に経済を疲弊させたくないという思惑があったのかどうかはわからない。だが、それは日本人の便宜主義に由来すると見ていたことは間違いない。

「今日の新しい倫理意識に考えて確《たしか》に不合理であると思います」

与謝野晶子の指摘は厳しくて鋭い。世間のしがらみにとらわれて忖度して、何も言わなくなってしまうのとは違う。文壇に身を置く作家が果たすべき役割に対して自覚的だ。ここには女性や母性の立場は希薄だが、男性原理にとらわれない生き方が示されていると見ることができる。

このスペイン風邪は高熱を起こしやすく、それを放置すれば肺炎をも誘発するので、解熱剤を服して熱が上がるのを抑える必要がある。それがこの感染症に対する治療法と考えられていた。志賀直哉の「流行感冒」でも、「私」は高熱が出たものの、解熱剤が効いたらしく快復が早かったが、女中のきみが感染して、肺炎に悪化したことが書かれている。

だが、治療の実情はずいぶん違った。大抵の町医者は薬価の関係から、最上の解熱剤であるミグレニンやピラミドンを服用させず、胃を害しやすい和製のアスピリンを投薬し、下層階級では売薬の解熱剤で間に合わせていた。解熱剤の投薬にも経済原理が働いていて、医療に格差があることを指摘する。これが感染の流行を助長していると見る。

だが、晶子がすごいのは批判で終わらず、具体的な案を出すことにある。医療に格差があって、経済的に困窮する人々によい解熱剤が行き渡らないならば、官公私の衛生機関と富豪とが協力して、ミグレニンやピラミドンを中流階級以下の患者に廉売《れんばい》する急手段を取ればいいと提案するのである。米騒動に米の廉売で対応したのと同じく、よく効く解熱剤を安く売るという政策は、今ならば、公助や共助と言っていい。

平等は西洋でも東洋でも思想家たちが言うことである。「同じ時に団体生活を共にして居る人間でありながら、貧民であると云う物質的の理由だけで、最も有効な第一位の解熱剤を服すことが出来ず他の人よりも余計に苦しみ、余計に危険を感じると云う事は、今日の新しい倫理意識に考えて確《たし》かに不合理であると思います」と、この文章を結ぶ。この「倫理意識」というのは、今ならば人権思想と考えることができる。

一九一八年は、石川啄木が一九一二(明治四五)年に亡くなってから六年ほどしか経っていない。晶子は、極貧の中で肺結核で死んだ啄木のことは、当然脳裏にあったはずである。経済力にかかわらずよい薬が行き渡るために、もっと考えなければならないという思いは強かったはずだ。感染症を克服するためには、政府が感染を広げない対策を取り、それでも感染してしまったら最善の医療を保証するべきだという考えである。

この「感冒の床から」は、家族が感染してしまい、晶子も高熱にうなされた寝床で書いたらしい。芥川龍之介は感染して辞世の句を詠んだが、やはり二人は違った。晶子は辞世の歌を詠むのではなく、政府や医療を批判して、感染症を世の中を改善してゆく契機にしようとした。今もなお大きな意義を持つ文章だと考えられる。

「今は死が私達を包囲して居ます」

翌々年の一九二〇年一月、スペイン風邪の第三波が広まってきている時期に、「死の恐怖」という文章を『横浜貿易新報』に載せた。この感染症は次第に強毒化したらしく、この時期には死者が急増していた。

悪性のスペイン風邪が大流行して、健康な人が発病後五日や七日で亡くなるのを見ると、「如何にして生《い》くべきか」と考えて日を送ってきたが、仏教信者のように無常を感じ、急に恐怖を意識しないではいられないという。元気だった人でも感染して数日で死んでしまうことが起こっていた。

日本ではスペイン風邪で三年間に四五万人が亡くなっているのであるから、他人事ではなかった。従って、スペイン風邪は死の恐怖を感じるほどだった。東京と横浜だけでも毎日四〇〇人の死者を出していた。死亡記事を見ていれば、死の恐怖を意識し、仏教の無常を感じるというのはわからないことではない。「今は死が私達を包囲して居ます」というのは、リアルな認識だったと言わねばならない。そこから晶子は哲学的な思考を深めつつ、このようなことを述べている。

私は今、この生命の不安な流行病の時節に、何よりも人事を尽して天命を待とうと思います。「人事を尽す」ことが人生の目的でなければなりません。例えば、流行感冒に対するあらゆる予防と抵抗とを尽さないで、むざむざと病毒に感染して死の手に攫取《かくしゅ》されるような事は、魯鈍とも、怠惰とも、卑怯とも、云いようのない遺憾な事だと思います。予防と治療とに人為の可能を用いないで流行感冒に暗殺的の死を強制されてはなりません。

死の恐怖にさらされた状況下で、「人事を尽して天命を待つ」という中国のことわざを引いて、感染症との向き合い方を説く。人事とは、具体的に言えば、その後に見える予防と抵抗（治療を指す）にあたる。東京と横浜だけでも日ごとに四〇〇人の死者を出していれば、「明日は私達がその不幸な番に当るかも知れません」というのは実感だった。晶子は一九一八年に自身と家族が感染しているので、その苦痛をよく知っていた。

そして、あくまでも生きることを手放さずに、この不自然な死に対して自己を衛ることに聡明でありたいと述べる。この「不自然な死」という認識は大事なことだ。寿命が来て死ぬのではなく、死ななくていい死だからである。簡単に運命だと言ってはならない。

さらに話は具体的になる。世間には「予防注射をしない」と言う人が多いが、その人たちの生命の粗略な待遇に戦慄し、自己の生命を軽んじる野蛮な生活はないと述べる。医療が進んで予防注射ができるにもかかわらず、接種をしない多くの人を野蛮だと揶揄する。治療だけでなく、予防が進んでいたのに、それを利用しないことに憤ったのである。

そして、みずからが行っている「人事を尽す」べき三点を挙げる。

一つ目は、家族とともに予防注射をすることである。「幾回も」というので、二回や三回ではない。大家族なので、費用もかさんだはずであるが、用心に用心を重ねて、家族は予防接種をした。

二つ目は、常に含嗽薬《うがいぐすり》を用いることである。すでに外出先から戻ったら、まずうがいをすることが奨励されていた。

三つ目は、学校で子供たちの中に感染者が出たら、自主的に学校を休ませることである。どうも学校はなかなか休校にしなかったらしく、危険を察したら、すぐに休ませるという判断をしたのである。

このようにして「人事を尽す」ことを行った。一九一八年に比べても、感染が拡大して死者が増えてゆく中で、自身の実践を具体例として挙げ、多くの人に予防を呼びかけたのである。そして、そこまで行っても感染して死ぬならば、それは運命だと諦めることができるとする。これが「天命を待つ」であろう。

その結果、晶子の家では一人の患者も出さずにすんだ。二年前には家族内感染が広がって、まさに「病人の家」になってしまった苦い経験を生かしたことになる。しかし、明日にも誰がどうなるかもわからないという不安は無理もない。そして、「死に対する人間の弱さが今更の如くに思われます。人間の威張り得るのは「生」の世界に於てだけの事です」と言い添えた。

晶子が流行感冒と並置したのは産褥だった。晶子はたくさんの子を産んだが、出産のときに死を意識したのである。自分のためではなく、子供たちを養育するために「生」の欲望が深まっていることを実感したという。個人的な感慨と言っていいが、晶子はそこから一つの哲学を見いだす。それは「人の愛が自己と云う個体の愛に止まって居る間は、単純で且つ幾分か無責任を免れませんが、子孫の愛より引いて全人類の愛に及ぶので、愛が複雑になると共に社会聯帯《れんたい》の責任を生じて来るのだと思います」ということであった。この「社会聯帯の責任」という哲学は、今も省みられる価値があるだろう。

過敏な人とそうでない人と……

――志賀直哉「流行感冒」の中のスペイン風邪

一〇〇年前のパンデミック

一九一八（大正七）年から一九二〇（大正九）年にかけて三年間流行ったのが、俗にスペイン風邪、スペイン・インフルエンザと呼ばれる感染症である。なぜスペインを冠するかというと、第一次世界大戦の最中であったが、スペインは中立国で、しかも国王が感染したので、スペインの情報だけが報道されたことによる。他の国々は戦争中なので、自国の兵士が感染したといった情報は一切出さなかった。情報が公開されないままに感染が急速に拡大した。第一次世界大戦を終息させたのはスペイン風邪だと言われるほどである。

従って、スペイン風邪で亡くなった数はよくわからない。世界で四〇〇〇万人と言われ、人類が最大の被害を受けた感染症だったとされる。日本人でも四五万人が亡くなったとされる。しかも三年の間に強毒化したと言われ、致死率が非常に高かった。しかし、そうした事情もあって、スペイン風邪はほとんどまとまった研究がなく、速水融の『日本を襲ったスペイン・インフルエンザ』（藤原書店、二〇〇六年）が力作である。日本全国の感染状況を地方の新聞等使って詳細に調べあげ

汽車電車人の中ではマスクせよ
外出の後はウガヒ忘るな
「マスクとうがひ
内務省衛生局編『流行性感冒』より［国立国会図書館所蔵］

ている。

　この感染症に対する対応を象徴するのが、カバーに使われた「「マスク」とうがひ」のポスターである。上下に分かれ、上は「汽車電車人の中では「マスク」せよ」。マスクという習慣が生まれたのはこの時期だった。汽車か電車の中で女性は黒いマスクをするが、男性は咳をして飛沫を飛ばしている。感染に対する意識にジェンダー差があるように見える。左上には「「マスク」をかけぬと‥」として、ベッドで頭を冷やして寝ている人と、温度が上がった体温計を描き、マスクをしないと感染することを示した。

下には「外出の後は「ウガヒ」忘るな」。縁側で草履を脱いだ母親と女の子がうがいをしている。外出先から帰宅した親子がまずうがい薬でうがいをしている様子を描く。これは、感染症を防ぐためにマスクとうがいを奨励しているのである。現在から見て加えるとすれば手洗いだが、これは水道が普及していなければ難しかったにちがいない。

　現在につながる衛生思想と、それによる感染症への備えが本格的に始まったのは一〇〇年前だったということになる。しかも、汽車や電車が人々のライフスタイルの中に入ってきて、これが密集状態を作っているという認識があったにちがいない。今、「3密を避ける」ということが標語になっているが、電車やバスでは避けることは難しく、あまり実施できていない。だが、そうしたことを言わないのは、この対策がご都合主義にすぎないことを露呈しているからではないか。

このスペイン風邪を小説に書いたのは志賀直哉だった。直哉は一八八三（明治一六）年、父親が勤めていた宮城県で生まれた。ブルジョアたちの文学・芸術活動を進めた白樺派の中で、有島武郎（一八七八〜一九二三）や武者小路実篤（一八八五〜一九七六）とともに活躍した。「小説の神様」として尊敬され、一九七一（昭和四六）年まで長生きした。

一九一四（大正三）年、勘解由小路《かでのこうじ》資承《すけこと》の娘の康子《さだこ》と結婚、翌年、千葉県我孫子の弁天山に移った。一九一六（大正五）年六月に長女・慧子《さとこ》が生まれるが、生後五六日で死去。まだ新生児の死亡率が高く、最初の子を亡くしてしまったのである。だが、一九一七（大正六）年七月、次女・留女《るめ》子《こ》が生まれる。こうした自身の状況を題材に書いた短編小説が「流行感冒」であった。

それはスペイン風邪が大流行する一九一九（大正八）年四月、「流行感冒と石」と題して、雑誌『白樺』の一〇周年の記念号に書いた。その後、単行本『寿々』（改造社、一九二二年）に入れるときに「流行感冒」と改題したのである。だが、これから述べるように、初出のタイトルのほうがこの小説の実質をよく表すと考えられる。「流行感冒」によって感染症の小説としては印象深くなったが、女中の石との関係が見えなくなった。この自伝的な小説は我孫子を主な舞台にして、次女・留女子を左枝子という名前で登場させている。

「最初の児が死んだので、私達には妙に臆病が浸込んだ」

「流行感冒」は「最初の児が死んだので、私達には妙に臆病が浸込んだ」という一文から始まる。結婚して初めて生まれた慧子が生後五六日で死んだことをモデルにする。そのため、健全に育つのが当然で、死ぬのは例外だという考えは変わらなかったが、次に生まれた左枝子がちょっと病気しても、「私」はすぐ死にはしまいかという不安に襲われた。

新生児の死亡率は高かったはずである。そのために、「私」は「医学の力は知れたものだ」と言いながら、それでもやはりすぐ医者を頼りにして、自分でもはずかしい気のすることもあった。我孫子は田舎なので、周囲の生活との釣り合いの上でも、子供をあまり大事にするのは眼立ってよくなかった。都会と田舎では、生活の状態が相当違うだけでなく、子育てに対する感覚もずいぶん違ったのである。

この辺りでは、百姓家の洟《はな》を垂らした男の子が左枝子よりも幼い子を負ぶって、秋雨が降る夕方などに傘もささずに裏山に初茸《はったけ》を探しに来ることがあった。これがまさに田舎の生活風景だった。男の子が幼い子の子守りをするというのは、雇われた子守りではなく、兄が弟か妹の面倒を見ているのである。田舎では子供を大事にすることがないというのは、こうした様子に象徴されていた。

それに対して、「私」は「乱暴過ぎる」と眉を顰《ひそ》める気持ちになるが、一方では「自分達のやり方が案外利口馬鹿なのだ」と思えて、「何方《どっち》が本統か知れない」という気にもなるのであった。子育てには正解があるわけではないにしても、子育ての感覚はずいぶん違うことは認識できたが、子供に対する「私」の神経質な注意が変わることはなかった。

この「私」は志賀自身と見てもいいくらい近い存在である。子供を亡くしているので、子育てに対して過敏になっていた。田舎の男の子が子供を負ぶって初茸を探すのに夢中になり、背中の幼い子が平気で雨に濡れている状況は納得できなかった。ここには、都会と田舎の子育てだけでなく、格差ということで言えば、上流階級と庶民階級の子育てに大きな違いがあったことが「私」の意識を通して明らかにされる。

後に見るように、「私」の家には女中が二人いて、病気になると看護婦を雇い、さらに東京の看護婦まで雇う。田舎の暮らしからは浮いていたにちがいない。正岡子規は母の八重と妹の律が看病し、石川啄木は「病人の家」になっていたことを思い出してもいい。時代は違っても、石川啄木や正岡子規と志賀直哉の生活はまったく違っていた。こうした経済格差は、作家の中に見られるだけでなく、日本の社会構造だったと考えられる。

子供を亡くして敏感になっている「私」と妻は、去年は厚着をさせたけれども、この秋からはあまり厚着をさせない相談をしていたが、結局、厚着をさせてしまう。二人の子育ては、友達の細君が「〇〇さんが左枝ちゃんを大事なさる評判は日本中に弘まって居ましたわ」と言うくらい有名だった。左枝子の健康に神経質になっていることを知ってもらえば、人も左枝子に神経質になってくれると考えたからだった。

田舎にいると、食べ物による感染が気になった。厳格に注意しないと、田舎者は好意から、赤児に食べさせてはならない物でも食べさせたがるので、それに対して過敏になっていた。「私」が生まれる半年ほど前に三歳で死んだ兄は、子守りが使いの出先で何か食わせたのが原因で腹をこわし、死んでしまった。それがトラウマになっていたのである。

「明後日《あさって》あたりから屹度《きっと》病人がふえるよ」

そして、流行感冒の話になる。この小説では、子供を亡くして感染に敏感になっていた「私」が、感冒が下火になると気が緩んで感染し、さらに家庭内感染を引き起こす。今に通じる戒めがこの小説にはあることに気がつく。それだけならば単なる感染症小説にすぎないが、その後の女中の献身を通して、人間の多面性を知ることにもなる。

一九一八年のことと思われるが、流行性の感冒が我孫子の町にも流行ってきた。スペイン風邪の場合、感染症が広まる経路は鉄道だったことが知られている。常磐線に沿って、松戸から柏、柏から我孫子と広がるのが新聞の報道ではっきりわかったにちがいない。我孫子では、運動会で感染者が急増した。新聞には出ないような出来事だが、クラスター（集団感染）が起こったのである。

一方、「私」は東京に出なければならず、自動電話を使った。「自動電話」とは電話交換手を必要としない公衆電話だろう。感冒の大規模な感染源になっている東京で、不特定多数の人が受話器に触る自動電話には感染のリスクが高いと考えたのである。そう意識するほどに自動電話は人々の生活の中に浸透していたことがわかる。

手賀沼近くの在《ざい》に住んでいたので、女中を町へ買い物にやったが、店先で話し込むことを禁止した。話し込むことで飛沫感染するのを恐れたのである。田舎の我孫子にも町と在があって、町は人が多いので、感染のリスクが高いという認識があった。衛生思想からではなく、夫婦で騒ぐことによって女中たちを恐ろしがらせようとした。

運動会の次の心配は芝居興行だった。「私」は感染者を増やすイベントを中止にしないことに不満を抱くが、これは与謝野晶子の意見と共通する。町へ行くと、手賀沼の向こうから来た娘たちは開場を待ち、芝居を見に行く婆さん連中がやってきた。年齢を問わず、芝居は女性たちに人気があった。だが、「所々にかたまって」や「大きい声で何か話しながら」という様子が、クラスターを発生しかねないことは一目瞭然だ。

帰宅してその様子を妻に話し、「明後日《あさって》あたりから屹度《きっと》病人がふえるよ」と言った。我孫子の人々は流行感冒に無関心なので、それにいらつき軽蔑した。「私」は芝居見物がクラスターを発生させると考えたが、感染に対する意識はまったく違っていた。だが、女中の石は薪を頼みに行くと偽って、芝居を見に行った。先の女性たちと同じように、芝居の誘惑に駆られて行ってしまったのである。

「私」は前日東京へ行き、少し風邪気味だったので、万一のことを考えて、裏の六畳に床をとらせておいた。志賀が描いた「我孫子の家の見取り図」（紅野敏郎編集・評伝『新潮日本文学アルバム11 志賀直哉』新潮社、一九八四年）を見ると、同じ建物の中に奥まった六畳の部屋があった。家庭内で隔離して感染を起こさないように配慮したのである。

翌朝尋ねてみると、石は「芝居には参りません」と言い張るので、妻に「なるべく然し左枝子を抱かさないようにしろよ」と命じた。左枝子の面倒を見ていたのは石だった。こうした上流家庭では、子育ての役目は女中に任せていたのである。この小説には地域差だけでなく、階級差が書かれ、それは子育ての実態によく表れていた。

だが、左枝子を抱いた石を連れて、妻が裏の部屋（書斎に使っていた離れ）に登って来た。石の言葉を信じて、感染のリスクを気にしない妻の無神経さに腹を立て、妻と石を叱る。「私」は「馬鹿」を口癖にして、家父長の権力を誇示した。妻は石から左枝子を受け取ろうとするが、左枝子は嫌がった。左枝子は石に慣れていたからである。

石の母親は娘を引き取ると言い、「私」は嘘つきは厭だったが、石と石の母親にとって嘘をつくのは大騒ぎするようなことではなかった。感冒と同じように嘘をつくことに敏感な人間とそうではない人間の間にある感覚のずれが見える。結局、妻が間に立って、石は解雇しないことに落ち着いた。

「私は気をゆるした」「そしてとうとう流行感冒に取り附かれた」

「私」は嘘をついた石が平気でいるのが不愉快で、嫌いになってゆく。ところが、その後、こんなことが起こる。

三週間程経った。流行感冒も大分下火になった。三四百人の女工を使っている町の製糸工場では四人死んだというような噂が一段落ついた話として話されていた。私は気をゆるした。丁度上の離れ家の廻りに木を植える為に其頃毎日二三人植木屋がはいって居た。Yから貰った大きな藤の棚を作るのにも、少し日がかかった。私は毎日植える場所の指図や、或時《あるとき》は力業の手伝いなどで昼間は主に植木屋と一緒に暮していた。

そしてとうとう流行感冒に取り附かれた。植木屋からだった。私が寝た日から植木屋も皆来《みんな》なくなった。四十度近い熱は覚えて初めてだった。腰や足が無闇とだるくて閉口した。然し一日苦しんで、翌日になったら非常によくなった。所が今度は妻に伝染した。妻に伝染する事を恐れて直ぐ看護婦を頼んだが間に合わなかったのだ。此上はどうかして左枝子にうつしたくないと思って、東京からもう一人看護婦を頼んだ。

結核と同じく、スペイン風邪も製糸工場でクラスターが発生している。だが、終わった出来事として語られ、感染は遠のいてゆく感じだった。その結果、あれだけ注意して予防し、芝居に行くのを軽蔑していたのに、気が緩んだ。普段の生活に戻り、植木屋を入れて感染してしまった。快復が早かったのは解熱剤がよく効いたのだろう。

だが、妻に感染した。すぐ看護婦を頼んだが、間に合わなかった。ウィルスの感染力が強かったにちがいない。さらに心配なのは左枝子への感染だったので、東京からもう一人看護婦を頼んだ。看護婦を二人も頼むのは、経済力がなければできないことだった。しかし、母親から離された左枝子は気むずかしくなり、新しい看護婦になつかなかった。

次には、女中のきみが体調を崩した。看病する人手がなく、本人が心細がって泣くので、実家へ帰したが、肺炎になってしまった。重症化して、危険な状態になったのである。東京から来た看護婦も感染したが、高熱を押して帰った。この看護婦は左枝子を世話していたので、左枝子も感染した。石川啄木ではないが、「私」の家も「病人の家」になってしまった。健康なのは、感冒を済ませていた看護婦と石だけだった。看護婦は抗体ができていて、石は履歴がなかったが感染せず、驚くほどよく働いてくれた。

その結果、「私」は石にいい感情を持つようになる。「馬鹿だ」「嫌いだ」と罵倒していたのに、印象は反転した。家庭内感染の原因になると懸念した石が感染しなかったのは皮肉だが、それが現実だった。とんでもない嘘つきでも、困ったときに懸命に働くというのは矛盾するようだが、実は同じ所から来ていることに気がついた。きみが戻ると、石はまた元のようになったが、石に対する感情は変わらなかった。

しばらくして四谷に住むKが小田原に移ることになり、その留守宅に五年ぶりで住むことになった。石に縁談が起こり、一家が東京へ移るのと同時に辞めて結婚することにした。だが、よい女中が見つからず、二月一杯まで左枝子の面倒を続けた。女中の縁談を通して、田舎の結婚は呑気だが、それでも平和に暮らす人たちがいると見るようになった。田舎に対する見方が変わったことに気がつく。

石は実家に帰ったが、一週間したら帰って来た。妻が「お嫁入りまでに若し東京に出る事があったら是非おいで」と葉書を出すと、学校の先生に読んでもらって、「これは是非来い」というので、飛んで来たのだった。妻にしてみれば定型文の礼状だったはずだが、石はそれを都合よく解釈した。石も家族も字が読めなかったので、学校の先生に葉書を読んでもらっている。ここには、女中奉公に出た石の家庭の環境が垣間見える。

感染症に過敏な人と全然気にしない人がいるし、嘘を気にする人と全然気にしない人がいることが交錯する。初出の題名は「流行感冒と石」だったが、その方がこの小説の立体的な構造をよく示すことは、これまでの読み解きでも明らかだろう。この小説は「私」と石の和解の物語でもあったからである。一般には改題された「流行感冒」で通っているが、それでは感染症だけが主題化され、感染症と嘘や献身が絡み合う構造が見えなくなってしまった、ということは言っておきたい。

志賀の他にも、この時期、柳宗悦（一八八九〜一九六一）、武者小路実篤（一八八五〜一九七六）、バーナード・リーチ（一八八七〜一九七九）、中勘助（一八八五〜一九六五）といった白樺派の作家たちが我孫子で暮らした。この時期の作品の中でも、「流行感冒」は感染症を媒介にして我孫子の人々の生活と思想を活写しただけでなく、東京の上流階級に生きてきた「私」の生き方を相対化した点でも傑作だと言っていい。

付ける・付けないの人間心理——菊池寛「マスク」

「自分が流行性感冒に罹ることは、即ち死を意味して居た」

菊池寛は芥川龍之介の親友で、同じような時代を生きた大衆的な小説家だった。一八八八（明治二一）年に生まれ、戦後、一九四八（昭和二三）年に六〇歳で亡くなった。「マスク」は、一九二〇（大正九）年七月の雑誌『改造』に載った短編小説で、原題には「私の生活から」という副題があった。それが単行本『道理』（春陽堂、一九二一年）に入るときに削除された。

一九一八（大正七）年から一九二〇年にかけて、スペイン風邪が流行した。明確な診断が下せないだけでなく、第一次世界大戦の最中だったので、感染の情報が隠蔽された。正確にはよくわからないが、世界で四〇〇〇万人、日本で四五万人が亡くなったとされる。第一次世界大戦を終息させたのも、兵士のスペイン風邪だったと言われる。

従って、「マスク」はスペイン風邪流行の二年めの暮れから三年めの夏にかけての東京の様子を書いたことになる。「私の生活から」とあるように、菊池寛の自伝的な小説だった。菊池は写真を見ればわかるように肥満気味で、今で言えば生活習慣病を抱えていた。小説にもそのことが出てくる。

「自分」は肥満のために内臓が脆弱で、息切れがして、すぐに胸苦しくなった。心臓と肺が弱っていたらしい。さらに去年から胃腸も害していた。だが、肥っているので、「丈夫そうだ〳〵」と言われるので、一種ごまかしの自信を持っていた。また、「丈夫そうに見える」とも言われるので、間違った健康上の自信も持っていた。

昨年の暮れ、胃腸を壊して医者に見てもらうと、「オヤ脈がありませんね。こんな筈はないんだが」と言われてしまった。たぶん太りすぎだったのだ。さらに、「何《ど》うも心臓の弁の併合が不完全なようです」と言われ、「第一手術の出来ない所ですからね」とも念を押される。「あまり肥《ふと》るといけませんよ。脂肪心になると、ころりと衝心《しょうしん》してしまいますよ」と脅される。衝心とは急性の心臓障害のこと。心臓疾患で急死する恐れがあるというのである。

心臓の弱いことは覚悟していたが、これほど弱いとは思わなかった。医者は、火事のときに駆け出したり、喧嘩をして興奮したりしてはいけないと注意する。付け加えられたのが、「熱病も禁物ですね。チフスや流行性感冒にかかって、四十度位の熱が三四日も続けばもう助かりっこはありませんね」という忠告だった。肥満による持病があり、それで感染すると重症化のリスクが大きいということがすでに言われていたことが知られる。

そこで「何か予防法とか養生法とかはありませんかね」と尋ねると、「ありません。たゞ、脂肪類を喰わないことですね。肉類や脂っこい魚などは、なるべく避けるのですね。淡白な野菜を喰うのですね」という指導を受ける。食事による体質改善である。しかし、食べることが第一の楽しみなので、これは厄介だった。

冬場になって、流行性感冒の流行期に入ったので、次のように認識している。


こうした診察を受けて以来、生命の安全が刻々に脅《おびや》かされて居るような気がした。殊に、丁度その頃から、流行性感冒が、猛烈な勢《いきおい》で流行りかけて来た。医者の言葉に従えば、自分が流行性感冒に罹ることは、即ち死を意味して居た。その上、その頃新聞に頻々と載せられた感冒に就ての、医者の話の中などにも、心臓の強弱が、勝負の別れ目と云ったような、意味のことが、幾度も繰り返えされて居た。


肥満で心臓が弱っている体調に加え、猛烈な勢いで流行性感冒（スペイン風邪のこと）の感染が拡大していた。持病を持つ「自分」が感冒に感染することは、すなわち死を意味した。新聞でも、心臓の強弱が生死の分かれ目になると報道していた。

そこで、臆病だと笑われても最善の努力をした。まず「自分」も妻も女中もなるべく外出しないようにした。次に、朝夕には過酸化水素水でうがいをした。そして、やむを得ない用事で外出するときには、ガーゼをたくさん詰めたマスクを付けた。出るときと帰ったときには、丁寧にうがいをした。今につながる感染予防策がこの時期に確立したことが知られる。

万全を期したが、来客は仕方がなかった。風邪が癒《なお》って、まだ咳をしている人が来れば、気持ちが暗くなった。また、話していた友人の熱が高くなったので送り帰すと、後から四〇度の熱になったという報告を受け、気味が悪かった。人との接触を最小限にしたが、それでもまったく断つことは難しく、感染のリスクにおびえたのである。

毎日の新聞に出る死亡者数の増減で一喜一憂した。死亡者数が日ごとに増加し、三三三七人まで行くと、それが最高の記録になって、減少し始めたときには安堵した。そのようにして二月中はほとんど外出しなかった。友人はもとより妻までが臆病を笑った。「自分」でも少し神経衰弱の恐病症《ヒポコンデリア》にかかっているのではないかと思ったが、流行性感冒に対する恐怖はまぎらすことができなかった。感染したら死んでしまうという恐怖は、あなどれない感覚である。

「マスクを付けて居る人が、不快に見える」

三月になると暖かくなってきて、感冒の脅威も衰えていった。スペイン風邪は冬場に感染が拡大する感染症で、季節性があった。マスクを付けた人はほとんどいなくなったが、まだマスクを外さなかった。そして、伝染の危険を冒すのは野蛮人の勇気で、伝染の危険を避けるのが文明人の勇気だと考え、マスクを付けるのは臆病ではなく、文明人の勇気だと弁解した。差別的とも言える二分法で文明人を自負するのである。「野蛮」という認識は、与謝野晶子にも見られた。

三月の終わり頃まで「自分」はマスクを付けていた。流行性感冒は都会から山間僻地に行ったという報道が時々新聞に出た。マスクを捨てなかったが、ほとんどマスクを付けた人はいなくなった。そして、「自分」は「真の意味の衛生家」であり、「生命を極度に愛惜する点に於て一個の文明人」

であるという誇りをさえ抱いた。

ところが、四月になり、五月になると、「遉《さすが》の自分」も緩んで、マスクを付けなくなる。しかし、流行性感冒がぶり返したという記事が新聞に出る。冬場だけ流行するという先入観があるので、この時期になって、感冒の脅威から抜け切れないことが堪らなく不愉快になった。だが、初夏の太陽が照りつけ、「遉の自分」もマスクを付けられる義理でなくなった。時候の力がそれを勇気づけたとする。「遉の自分」が繰り返され、衛生家・文明人という自負が揺らぐが、それを時候のせいにしてしまった。

五月の半ば、アメリカのシカゴから野球チームが来て、連日のように早稲田の運動場で試合が行われた。衛生家で文明人である「自分」は、一方で好球家（野球ファンのこと）でもあったので、その誘惑に駆られて出かけた。そこに、「自分」はマスクを外したのに、二三、四ばかりの青年が黒いマスクを付けて歩いてきた。それを見て、不愉快な激動《ショック》を覚え、同時に憎悪を感じた。「その黒く突き出て居る黒いマスクから、いやな妖怪的な醜くさをさえ感じた」と述べる。そのときの心理を次のように説明する。


此の男が、不快だった第一の原因は、こんなよい天気の日に、此の男に依って、感冒の脅威を想起させられた事に違《ちがい》なかった。それと同時に、自分が、マスクを付けて居るときは、偶《たま》にマスクを付けて居る人に、逢うことが嬉しかったのに、自分がそれを付けなくなると、マスクを付けて居る人が、不快に見えると云う自己本位的な心持も交じって居た。が、そうした心持よりも、更にこんなことを感じた。自分がある男を、不快に思ったのは、強者に対する弱者の反感ではなかったか。

この青年が不快なのは、感冒の脅威を想起させられただけでなく、マスクを付けなくなって、マスクを付けた人が不快に見えることに、自己本位の気持ちを自覚したからだった。あれほど恐怖を感じていたのに、暖かくなって感染者が減ってくると野球を見に行ってしまう心の緩みがあった。それに対して、この青年は勇敢に傲然とマスクを付けていたので、弱者の反発を感じたのである。最後に、「自分が世間や時候の手前、やり兼ねて居ることを、此の青年は勇敢にやって居るのだ」とある。時候だけでなく、世間の手前という社会性が認識されている。ほとんどの人がマスクを付けなくなっているというのは社会的な抑圧だった。だが、この青年はそうしたことに頓着せず、黒いマスクを付けていたので、それに圧倒されたのである。

日本人がマスクを付けはじめたのは、このスペイン風邪が契機になっている。一九二〇年一月の新聞記事を見ると、巡査八〇〇〇人に黒いマスクを付けさせたと見える。マスクの起源は不明だが、日本の社会にマスクが定着したのはスペイン風邪の感染予防だったのである。だが、マスクを付ける、そして、マスクを外すときの人間の心理は、こういう小説でないとわからない。

ここでは、小説を歴史資料として読んでみた。近代文学の研究者から見れば、邪道だと非難されるだろう。だが、エクリチュールだけが小説の読み方ではない。今は読み方の多様性を失って、みんな金太郎飴のようになってはいないか。「文学は時代と関係ない」、「文学は役に立たない」と言っているよりは、文学を時代の中で読み直して、その意義を説く方が遥かに意義のあることではないか。

小説が歴史資料として重要なのは、「マスク」のように、社会の状況と人間の心理の関係をリアルに書いているからだ。「マスク」は菊地寛が自身を題材にした自伝的な小説で、予防行為の表象ともいえるマスクに対する感受性を見事に書いている。一方、友人の芥川龍之介はまったくの虚構として「南京《なんきん》の基督《きりすと》」を書いた。ここには二人の小説の方法や認識の違いが鮮明に現れている。

業病と奇蹟――芥川龍之介「南京の基督」と梅毒

「見かへるや麓《ふもと》の村は菊日和」

芥川龍之介が生まれたのは一八九二（明治二五）年、亡くなったのは一九二七（昭和二）年、三五歳で自ら命を絶った。遺書に「将来に対する唯《ただ》ぼんやりした不安」を示したことはよく知られている。作家が若くして亡くなる場合、感染症または自死のどちらかだったが、芥川の場合は後者だった。

ここに取り上げる「南京《なんきん》の基督《きりすと》」は、末尾の記述から一九二〇（大正九）年六月二二日に書き上げられ、七月の『中央公論』に載った。彼が二八歳のときの短編小説だった。翌年、単行本『夜来の花』（新潮社、一九二一年）に入って、広く読まれることになった。

この小説には、「楊梅瘡《ようばいそう》」という感染症が出てくる。これは梅毒の古名である。感染症には接触感染や空気感染などがあるが、梅毒は性的な接触による感染症である。近年ではエイズが世界的な問題になっているが、梅毒もなくなっているわけではない。だが、治療薬が進歩して、大きな話題にはならなくなった。

ただし、梅毒はさまざまな憶測が生じやすい感染症であろう。大岡昇平（一九〇九〜八八）が一九六一（昭和三六）年一一月の『新潮』に「文士梅毒説批判」を書いたことがあった。これは永井荷風（一八七九〜一九五九）や中原中也（一九〇七〜三七）の死因に関する邪説を取り上げて、「文士梅毒説」を批判したものである。

実は、芥川龍之介自身が重い感染症を経験している。一九一八（大正七）年から一九一九（大正八）年、短い間にスペイン風邪に二回感染したのである。一九一八年から一九二〇年にかけてスペイン風邪が大流行し、世界で四〇〇〇万人、日本で四五万人が三年の間に亡くなった。幸い芥川は死に至ることはなかったが、かなりの痛手を感じたらしいことが書簡からわかる。

一九一八年一一月にスペイン風邪に感染して寝込み、辞世の句まで詠んでいる。その感染は死を意識するほどつらいものだったのである。書簡に記されたその句は、「見かへるや麓の村は菊日和」であった。振り返って見ると、山の麓には菊の花が咲き、穏やかな天気であるくらいの意味である。「菊日和」は秋の季語で、菊の花が咲く一一月頃の晴れた天気をいう。

辞世ということで言えば、この菊には葬儀で棺の中に投げ入れる菊の花が重ねられていよう。夏目漱石の「有る程の菊抛《な》げ入れよ棺の中」という句を思い出せばわかるように、葬儀の祭壇に飾られた菊の花をもぎ取って棺の中に入れ、死者を送り出す。「見かへるや」というのは、民俗学で言えば、亡くなった魂が山へ行くイメージを詠んでいる。しかし、すでに元気で原稿を書いているというので、抜け目がない。

翌年の二月にも、もう一度スペイン風邪に感染した。三月に実父・新原敏三がスペイン風邪で亡くなった。間を置かずに二度感染しているというのは、抗体ができにくいか、抗体ができても消えやすいことを示す。百日咳のように、一回感染すれば生涯感染しないものではなかったらしい。与謝野晶子が家族で幾回も予防注射を打ったというのは、こうしたことを過剰に意識したためだったことが知られる。

「谷崎潤一郎氏作「秦淮《しんわい》の一夜」に負う所尠《すくな》からず」

芥川龍之介は、スペイン風邪に感染した翌一九二〇年、「南京の基督」を書いた。感染の経験と直接の関係はないが、さまざまな感染症が日常的にあるという時代背景があったにちがいない。執筆の直接の契機は、一九一九年二月の『中外』と三月の『新小説』に掲載された、谷崎潤一郎（一八八六〜一九六五）の紀行「秦淮《しんわい》の夜」に感化されたことによる（『新小説』の発表時は「南京奇望街」。『小さな王国』（天佑社、一九一九年）で一つにまとめられた）。文末に、「本篇を草するに当たり、谷崎潤一郎氏作「秦淮の一夜」に負う所尠《すくな》からず。付記して感謝の意を表す」とある。谷崎は一九一八年に中国旅行をして、この作品を書いている。

芥川の年譜を見て、驚くことがある。一九一九年、海軍機関学校教授嘱託を辞め、大阪毎日新聞社の客員社員になった。尾崎紅葉が読売新聞社、正岡子規が日本新聞社、夏目漱石が朝日新聞社の社員になったように、新聞社に雇われて文章を書くのが作家のスタイルになっていた。翌年七月、『中央公論』に「南京の基督」を発表した。

一九二一年三月には、大阪毎日新聞海外視察員として中国に派遣された。南の上海《シャンハイ》から杭州、西湖、蘇州、南京を見て、長江を遡って廬山、漢口（今の武漢）を訪ね、洞庭湖を渡って、鄭州《ていしゅう》、洛陽で龍門石窟を見て、北京まで行き、奉天から釜山を経由して七月末に帰っている。この視察旅行は四カ月に及んだ。

重要なことは、「南京の基督」は中国に派遣される前に書いていることだ。芥川は南京に行かずに、南京を舞台にした小説を書いているのである。もちろん、谷崎の作品に刺激されてこの短編小説を書いたが、谷崎以外にも中国へ行く日本人は数多く、その体験を聞くこともあれば、多くの資料もあったにちがいない。

古典を題材に小説を書く芥川にしてみれば、行ったことのない南京を題材に小説を書くことは、何の苦もなかったにちがいない。だが、この小説については批判が大きかったようである。芥川自身は真面目に書いたと怒っているが、同時代の評価も後の研究も冷たい。今日の人権意識とは違うにしても、支那の梅毒と基督の奇蹟を合わせたこと自体が倫理に抵触するという印象があったのではないか。だが、それはこの作品をずいぶん歪めた評価で貶めたように思われなくもない。

谷崎の「秦淮の夜」も南京を舞台にする。秦淮は南京の一区画である。谷崎とおぼしき日本人の主人公が秦淮の川の畔にある南京料理屋に行き、中国の案内人に、芸者屋と言っているが、迷路のような遊郭を案内してもらう話である。一軒目に行くと、非常に美人だけれども、四〇ドルでないと一晩泊めてくれないというので、交渉は決裂した。三軒目の素人の女の家みたいな所は三ドルなので、そこに宿を取ったとして終わる。

俗に言えば、谷崎が南京で料理を食べ、そのあと遊郭漁りをしたという作品である。これは前年一九一九年二月から三月にかけて発表された。これに刺激され、芥川は「南京の基督」を書いたのである。谷崎は遊郭を次々に書くが、芥川の場合、場所はある娼婦の部屋に限定されている。芥川は南京に行ったことがなかったが、こういう小説を書いたので、やはり行ってみたくなったのではあるまいか。

「基督様のお顔だったのだ」

この「南京の基督」は、全三節からなるが、第一節はこう始まる。秦淮に多い私窩子《しかし》（私娼、密淫売婦のこと）で働く一五歳の少女の部屋の壁には真鍮の十字架が掛かり、その上には稚拙な受難の基督がいた。少女の名前は宋金花といった。お金が儲かると父親に酒を飲ませることを楽しみにしていた。基督教は亡くなった母親から教えられた。

今年の春、若い日本の旅行家が上海の競馬を見物かたがた南部を回り、金花の部屋で一夜を明かした。「お前は耶蘇《やそ》教徒かい」、「ええ、五つの時に洗礼を受けました」、「そうしてこんな商売をしているのかい」というやりとりがあった。金花は「この商売をしなければ、阿父様《おとうさん》も私も餓え死にをしてしまいますから」と説明した。

旅行家は、「こんな稼業をしていたのでは、天国に行かれないと思《おも》いやしないか」と批判したが、金花は「天国にいらっしゃる基督様は、きっと私の心もちをくみとってくださると思いますから」

と答えた。それを聞いた旅行家は、土産に持ち帰ろうと思っていた翡翠《ひすい》の耳環《みみわ》を記念に与えた。谷崎の「秦淮の夜」でも、娼婦が翡翠の耳環をしていたので、それを引用したにちがいない。

　ところが、一月《ひとつき》ばかり前から、金花は悪性の楊梅瘡を病む体になった。それを聞いた朋輩の陳山《ちんさん》茶《さ》は「痛みを止めるのにいい」と言って、鴉片酒《あへんしゅ》を飲むことを勧めた。朋輩の毛迎春は彼女自身が服用していた汞藍丸《こうらんがん》や迦路米《かろまい》の残りをくれた。どちらも梅毒の薬であった。私窩子の間には梅毒が蔓延していたと知られる。

　ある日、陳山茶が迷信じみた療法として、「あなたの病気はお客から移ったのだから、早く誰かに移し返してしまいなさいよ。そうすればきっと二、三日うちに、よくなってしまうのに違いないわ」と教えた。金花は信じられないが、山茶は「私の姉さんもあなたのように、どうしても病気がなおらなかったのよ。それでもお客に移し返したら、じきによくなってしまったわ」と言い添えた。金花が移されたお客について聞くと、「お客はそれはかわいそうよ。おかげで目までつぶれたって言うわ」と答えた。

　そこで、金花は基督を仰ぎ見ながら祈禱をした。阿父様《おとうさま》を養うためにいやしい商売をしてきたが、客に病気を移さないかぎり商売が続けられなくなった。恨みもない他人を不仕合せにすることになるので、餓え死にしても、お客と一つ寝台《ねだい》に寝ないように心がけねばならない。どんな誘惑に陥らないとも限らないので、守ってほしいという内容だった。それから、金花は商売を勧められても、剛情に客を取らなかった。なじみの客には、「私は恐ろしい病気を持っているのです。そばへいらっしゃると、あなたにも移りますよ」と言って証拠を見せた。その結果、家計はだんだん苦しくなった。

秋の季節に、見慣れない一人の外国人がやって来た。泥酔してまごついたらしいので、金花が「何かご用ですか」と尋ねるが、支那語がわからなかった。言葉が通じないので、手真似交じりでやりとりした。だが、金花はこの外国人の顔に確かに見覚えがあるような親しみを感じたのである。外国人は手真似で指二本で二ドルを示し、ついには一〇ドル出しても惜しくないという意気ごみを示したので、金花はそれを拒否した。

そのとき、釘に掛かっていた十字架が外れ、足元の敷石の上に落ちた。十字架を拾い上げて受難の基督の顔を見ると、不思議にも、テーブルの向こうの外国人の顔と生き写しだった。金花は「なんでもどこかで見たようだと思ったのは、この基督様のお顔だったのだ」と気づいた。怪しい外国人と基督が重なってくるのだった。

金花には、「この不思議な外国人に、彼女の体を自由にさせるか」、それとも、「病を移さないために、彼の接吻《せっぷん》をはねつけるか」という思慮をめぐらす余裕はなかった。「金花はひげだらけな客の口に、彼女の口を任せながら、ただ燃えるような恋愛の歓喜が、はじめて知った恋愛の歓喜が、激しく彼女の胸もとへ、突き上げて来るのを知るばかりであった。……」とある。一五歳の私娼が「恋愛の歓喜」を知った瞬間であった。

「ではあの人が基督様だったのだ」

第二節では、寝台をもれる二人の寝息の中で、金花は夢を見た。金花が見た夢というのは、秦淮の家なのか、天国の町にある基督の家なのかはっきりせず、現《うつつ》とも夢ともつかなかった。一人の見慣れない外国人は泊まりに来た男だとわかるが、この外国人の頭の上には三日月のような光の環《わ》が掛かっていた。そこに、うまそうな料理が運ばれて来た。

金花が「あなたもここへいらっしゃいませんか」と声をかけると、外国人は「まあ、お前だけお食べ。それを食べるとお前の病気が、今夜のうちによくなるから」と言う。そして、「ではあなたは召し上がらないのでございますか」と聞くと、「私かい。私は支那料理は嫌いだよ。お前はまだ私を知らないのかい。耶蘇基督はまだ一度も、支那料理を食べたことはないのだよ」と答え、あっけにとられた金花の頰へ優しい接吻を与えた。

この外国人は自らが「南京の基督」であることを名のった。金花の目に、外国人の顔が基督の顔に見えたときに、これは予測できたことだった。支那料理を食べれば金花の梅毒が今夜のうちによくなるというのは、先の迷信じみた療法を思い起こさせる。支那料理を食べることは禁断の交わりを結ぶことを意味した。しかも、その相手は信仰してきた基督であることになる。

そして、天国の夢から覚める。夢が覚めて、それは現実だったのかどうかと悩んだ。金花には、昨夜、不思議な外国人と寝台に上がったことがはっきりと意識されたからである。そして、「もしあの人に病気でも移したら、――」と考えると、心が暗くなった。人影も見えなかったので、「ではあれも夢だったかしら」と思う。しかし、テーブルの上には十字架があった。これが確かな証拠になって、「やっぱり夢ではなかったのだ」と確信する。一〇ドルのお金をもらうことを忘れていた。「それとも本当に帰ったのかしら」と悩む。昨夜のことはやはり夢とも現とも曖昧だった。

だが、体調が悪かった金花の顔には、見る見るうちに、生き生きした血の色が広がりはじめた。金花は、この瞬間に、一夜のうちに悪性を極めた梅毒がすっかり治ったことに気づいた。奇蹟が起こったので、「ではあの人が基督様だったのだ」と確信し、熱心な祈禱を捧げた。

こうした不思議な奇蹟は仏教説話にも数多くある。その典型は不治の病が治るということであった。病気が治る話として宗教の霊験を説いた。『今昔物語集』には法華経の功徳で癩病〈ハンセン病〉が治癒した話もある〈巻第七第二五〉。この小説は、『今昔物語集』を愛読して、「鼻」「芋粥」「羅生門」を書いた芥川にしてみれば、そう奇抜なことではなかったはずだ。仏教ではなく、基督教の奇蹟譚としてこれを書いたにちがいない。

近代のリアリズムから考えると、絶対にあり得ないが、そういう説話の世界と重ね合わせれば、基督教の奇蹟譚として何の疑問もない。「ではあの人が基督様だったのだ」という認識は、まさに説話の構造になる。この奇蹟を経験して、金花はさらに熱心に基督を信仰してゆく。

「無頼な混血児を耶蘇《やそ》基督だと思っている」

第三節は短い。前にやって来て、翡翠の耳環を金花に与えた若い日本の旅行家がまたやって来る。翌年の春のある夜、金花を訪れたその旅行家は、「まだ十字架がかけてあるじゃないか」とひやかす。それに対して、金花は急に真面目になって、一夜南京に降《くだ》った基督が彼女の病を治したという不思議な話を聞かせ始めた。二節にあったような話を、この旅行家に話したのである。その話を聞いて、こう考えたという。

「おれはその外国人を知っている。あいつは日本人とアメリカ人との混血児だ。名前は確かGeorge Murryとか言ったっけ。あいつはおれの知り合いのロイテル電報局の通信員に、基督教を信じている、南京の私窩子《しかし》を一晩買って、その女がすやすや眠っている間《ま》に、そっと逃げて来たという話を得意らしく話したそうだ。おれがこの前に来た時には、ちょうどあいつもおれと同じ上海のホテルに泊まっていたから、顔だけは今でも覚えている。なんでもやはり英字新聞の通信員だと称していたが、男振りに似合わない、人の悪そうな人間だった。あいつがその後悪性な梅毒から、とうとう発狂してしまったのは、ことによるとこの女の病気が伝染したのかもしれない。しかしこの女は今になっても、ああいう無頼な混血児を耶蘇基督だと思っている。おれはいったいこの女のために、蒙を啓《ひら》いてやるべきであろうか。それとも黙って永久に、昔の西洋の伝説のような夢を見させておくべきだろうか……」

この理解は旅行家の心の中でつぶやかれただけで、実際に語られることはなかった。金花は基督が自分の業病である梅毒を治してくれたと考えた。それに対して、旅行家は、そんな西洋の伝説にあるような奇蹟は起こっていないと見る。その男は日本人とアメリカ人の混血児であり、南京の私窩子を買って、その後悪性の梅毒に感染して発狂したが、それは金花の病気が感染したのかもしれないと理解する。そして、金花が無頼な混血児を基督だと思っているのは無知蒙昧だと考える。それは奇蹟ではなく、外国人が私娼を買って感染して発狂したという実話でしかなかった。

芥川は、奇蹟を信じる人間に対して、それを否定する人間を持ってきて相対化する。近代のリアリズムからすれば、「蒙を啓いてやる」ということを考えた。第二節までならば奇蹟譚という説話の構造にすぎないが、この第三節があることによって、単なる説話ではなく、ここで近代の小説になる。

旅行家はそう理解したが、「蒙を啓いてやる」ことにはならず、「そうかい。それは不思議だな。だが、――だがお前は、その後一度もわずらわないかい」と尋ねると、金花は「ええ、一度も」と答える。旅行家は現実主義による批判をしたが、金花はそれでもなお不治の病が基督の力で治ったという奇蹟を主張する。それは、金花自身の快復が事実であることの証明になっているからにほかならない。

芥川は梅毒という厄介な感染症がよくなることは泌尿器医学では実際にあり得ることだと考えて

いた。だが、それは陳腐なことで、基督教を侮蔑したような話になっているという批判もある。「藪の中」ではないが、真実はわからないという宙づりの状態にこの小説の結末はなっているのかもしれない。だがそれは、近代のリアリズムで捉えるのか、それとも、中古以来の奇蹟譚として捉えるのかという二分法に陥っているように思われる。

芥川は、谷崎潤一郎が南京の遊郭を歩き回ったことに触発されて、実際には行ったこともない南京の私娼窟を舞台にした小説を書いた。そこには、業病を治す奇蹟という問題が浮かび上がってきた。近代小説はこういったことを否定したが、『今昔物語集』ばかりでなく、古典の中を見てゆくと、そうした話は少なくない。

例えば、説経節の『小栗判官』では、小栗判官の業病は今でいうハンセン病だが、車に乗せられて熊野の湯に行き、そこで治癒する。こういう業病の治癒を語る奇蹟譚があることを、芥川は知っていたはずである。近代の小説として見ると陳腐に見えるかもしれないが、説話を念頭に置けば、奇蹟が起こることは不思議ではない。現実と非現実が交錯する世界を描くのに、業病としての梅毒は重要な意味を持っていたはずである。

この作品は、これまで芥川の小説の中では評価されてこなかった。しかし、芥川にとっては自信作だった。業病治癒の奇蹟譚と近代のリアリズムが出会う地点で、これを考えればそう不思議なことではない。近代の小説が説話を手放したために読めないのであって、まことに芥川らしい小説だと言っていいのではないか。

この「南京の基督」が菊池寛の「マスク」と同じ月に発表されたというのは、二人の交流の証かもしれない。だが、それ以上に、感染症に対する意識や小説に対する方法の違いが鮮明になって、興味深い。

感染の絶望——内田百閒「疱瘡神」「虎列剌」

「私も到頭疱瘡神に取りつかれたのではないか」

内田百閒は、一八八九（明治二二）年、岡山の造り酒屋・志保屋の一人息子に生まれた。父・久吉は入り婿、母・峯は跡取り娘だった。本名は栄造で、百閒の筆名は地元の百間川にちなむ。東京帝国大学独文学科を卒業、陸軍士官学校や法政大学に勤めるが、辞職して文筆業に専念、一九七一（昭和四六）年、全集の編纂が進められている最中に亡くなった。

百閒は夏目漱石を崇拝し、「夢十夜」（『四篇』春陽堂、一九一〇年）の系譜を引くような幻想的な小説を書いた。一九二二（大正一一）年の『冥途』（稲門堂書店）が、その出発点となった。その中に、一九二一（大正一〇）年七月の『新小説』に載った短編小説「疱瘡神」が収録されている。「疱瘡神」という題名は、民俗社会で疱瘡（天然痘）の原因を悪神によると考えたことに由来する。

この小説は「私」が語り手になって、こう始まる。昼過ぎに、汚い縞の着物を着て、顔にぶつぶつのある男がやって来て、妻を呼び出した。まもなく妻がいなくなったので、捜しに出て、広場の向こうに向かうと、太鼓をたたく音がして、家ごとに男や女の唸る声が聞こえた。白い旗を掲げた葬式の行列がやって来て、どこの軒先にも赤い色の紙片が貼られていた。葬式の白と疱瘡の赤がコントラストをなすが、これは疱瘡で死んだ者が葬式に運ばれて行くことを意味する。

赤い色の紙片を貼り付けるのは、柳田国男の『遠野物語　増補版』の拾遺二六二話に、疱瘡に感染した者は赤い帽子、赤い足袋、赤い布の寝具にするとあったのを思い起こすことができる。疱瘡にかかると体に赤い発疹が出るが、一方で、疱瘡神は赤いものを嫌うと信じられた。赤い色の紙片は疱瘡の患者が出た家であることを示すと同時に、それを追い払いたいという願いの表れでもあった。「どこの軒にも」というので、感染がこの町一帯に拡大していたことになる。パンデミック（感染爆発）が起こっていたと言っていい。

疱瘡神に取りつかれないように逃げ出そうとするが、向こう側の汚い家の中から漏れてきたのは妻の唸り声だった。その家の中に入ると、妻と昼に来た男が寝床を並べて唸っていた。妻は男に「末期の水を飲ましてくれ」と頼まれてやって来て、自身も疱瘡に感染した。すでに顔中におできが出ているのは感染した証拠だった。

妻を背中に負ぶって外へ出た。暗くなっていたが、葬式の行列が通るらしく、後ろに大きな狐が五、六匹がかたまっていた。太鼓をたたくのは、狐が疱瘡の瘡蓋を食いに来るのを追う払うためだった。民間信仰では狐と疱瘡のつながりをいろいろ説くが、狐は疱瘡の瘡蓋を食べて千年の寿命を得て、患者は死ぬという伝えをふまえている。

結局、背中の妻は死んでしまい、男が孤独に死んだことが急に気になりはじめた。途中で体がかゆくなり、寒気がした。「私も到頭疱瘡神に取りつかれたのではないか」と思うと目の前が暗くなり、顔に大きなぶつぶつしたものが出た。先ほどの男と同じように死んでしまうのだろうが、自分には末期の水を飲ましてくれる女がいないと思って淋しくなった。こんなふうに小説は終わる。

百閒は血のつながらない祖母・竹に愛されて、多くの民話を聞いて育ったという。その中に「疱瘡神」の話があったかどうかはわからないが、民話をよくふまえた幻想的な小説であることは間違いない。例えば、思い浮かべるのは、山形県新庄市升形の「いもこえの疱瘡神」の伝説だ。

升形村の川下に「いもこえ」というところがある。むかし、あるとき、村の人々が大勢この渡し場で一服していた。そこへ人品いやしからぬ、白髭の老僧がやってきて、是非向う岸に渡してくれという。村人は驚いて、なぜ、どこへと問うと、老僧は厳かに、「我は疱瘡神なり。我が願いを叶えてくれなば、汝等が子々孫々まで疱瘡を許し申すべし。夢疑うことなかれ。」と答えた。

たくましい村の若者が、老僧を背負って、速い川の流れを横切っていった。以後、この村には、疱瘡神ははいってこないということである。「いもこえ」の名前は、このことに由来している。

（大友義助編『最上地方伝説集』私家版、一九六九年）

この話は、若者が疱瘡神を背負って急流を渡ったので、「いもこえ」の地域では以後、子々孫々まで疱瘡から守られることになったという報恩譚である。「いもこえ」という地名の由来譚にもなっていて、「いも」は疱瘡、「こえ」は越えの意味なので、この地名は疱瘡神を背負って急流を渡ったことにもとづく。

百閒の「疱瘡神」と疱瘡神を背負うモチーフが共通するが、「疱瘡神」には伝説の持つような犠牲と救済は見つからず、感染の絶望だけが残る。この小説は、祖母から受けた自然に対する畏敬と漱石から受けた人間における苦悩が出会ったところに生まれたと考えられる。

「志保屋に虎列刺が出た」

一九三三（昭和八）年九月の『東京朝日新聞』に載った「虎列刺」は随筆であり、同年一〇月発行の『百鬼園随筆』（三笠書房）に収録された。

百閒が両親と海水浴場で避暑を楽しんでいた最中に旅館にコレラが出て、汽車に乗って郷里の岡山に帰って二、三日すると、町内にもコレラが出た。さらに、志保屋にも検疫掛が踏み込み、百閒は白布で体を拭かれ、海に持って行った布団が引っ張り出され、煙突のある車の上で蒸された。こんな一夏の事件を書いた随筆である。百閒が幼いときの一八九〇年代の思い出であるが、この時期には二年から四年に一回、コレラが流行していた。

海水浴場の旅館からこっそり逃げ出す際の思いを、「虎列剌と云う恐ろしいものが、わざと姿を消して、私共を追っかけている様に思われた」と述べる。「虎列刺」はコロリとも言われ、「虎狼痢」「虎狼狸」と表記されて、虎・狼・狸などのイメージで図像化されたが、百閒の場合は目に見えない恐怖としてとらえた。

岡山でパンデミックが起こって、次々に死者が出た様子は、こう書かれている。

それから、方方に虎列刺が出て、毎日毎日沢山の人が死んだ。死ぬと直ぐに役人が来て、死んだ者を棺桶に押込み、縄でからげて、それに棒を一本通して、後先を隠坊《おんぼう》が舁《かつ》いで、持って行ってしまう。だから虎列刺のお葬らいを一本棒と云った。それから巡査が来て、家の者をみんな連れて行くのである。そうして激しい薬を飲まして、それで死んだら、又一本棒にして、焼場に持って行くのだと、みんなが話し合った。

遺体処理にあたったのは、葬儀の際の火葬や埋葬に従事する隠坊だった。棺桶は感染で亡くなった人の感染を広げないための容器で、今ならば遺体を収納する納体袋に相当する。隠坊が焼場に担いで行くのは、普段は土葬であっても、コレラで亡くなった患者は火葬したからにちがいない。コレラで亡くなった人の火葬については、小泉八雲の「コレラ流行期に」にも見えた。あれは神戸の話だが、岡山でも同じ状態だったのだろう。

「一本棒」という言葉は辞典類に見つけることができないが、例えば、仮名垣魯文編「荼毘室《やきば》混雑の図」(『頃痢流行記』天寿堂、一八五八年)には、一本棒で担いできた各種の棺桶が焼場に並ぶ様子が描かれている。「一本棒」というのは俗称だろうが、葬送民俗語彙に加えたい大事な言葉である。

感染拡大を起こさないために、患者の家族全員を隔離した。だが、「激しい薬を飲まして、それで死んだら、又一本棒にして、焼場に持って行くのだ」というのは町の噂にすぎず、真偽のほどはわからない。消毒に使った劇薬を飲まされ、死んでしまえば火葬にされる、という噂がまことしやかに語られたのである。

往来には黒山の人だかりがして、「志保屋に虎列剌が出た」という噂が広がった。百閒の家族がコレラの発生した海水浴場の旅館から逃げ出したのも、警察への密告で発覚したにちがいない。コレラが出た旅館にいれば、それだけで弁明の余地はなかった。志保屋にコレラが出たわけではなかったが、予防（防疫）対策だったのだろう。だが、裕福な商家からコレラが出れば、噂はあっと言う間に広がる。造り酒屋だけに商売への影響は大きかったと思われるが、百閒はそれ以上書いていない。

これはいつの事件か確かめられないが、その後一九〇五（明治三八）年、脚気衝心で療養していた父が急死し、志保屋は倒産する。倒産の原因は父の急死にあったが、「志保屋に虎列剌が出た」という根拠のない噂が引き金になったことは十分に想像される。感染症は感染による生命の恐怖だけでなく、世間の噂によるダメージ（今で言えば風評被害）が大きな影響を与える。この随筆はそこまで目が届いている。

噂・風俗・妙薬――長谷川時雨『旧聞日本橋』の中のコレラ

コレラで倒産した蕎麦屋の利久

劇作家・小説家の長谷川時雨（一八七九〜一九四一）は、明治の初めに日本橋で生まれ育った。一九二九（昭和四）年から一九三二（昭和七）年まで主宰した女流文芸誌『女人芸術』に、少女期の思い出を「日本橋」と題して連載した。これが単行本『旧聞日本橋』（岡倉書房）になったのは、一九三五（昭和一〇）年のことなので、さらに遅れる。しかし、この中には、江戸時代を引き継いだ日本橋の風俗や人情が実に鮮やかに書き留められている。

その「蕎麦屋の利久」は、時雨の家の隣にあった利久という蕎麦屋の話である。この蕎麦屋は主人になった息子とお媼《ばあ》さんでやっていた。昼過ぎになって、蕎麦屋の納屋で粉をふるうコットンコットンという陰気な音が聞こえてくると、時雨は決まって泣き出した。納屋の窓から、お媼さんが汚い濡れ手拭を肩に掛け、白髪交じりの毛がそそげ立ち、斑にはげた黒い歯で笑う（これはお歯黒のためである）と、泣かずにいられなかったという。

激しいコレラが流行った最終だったというが、利久はお媼さんがコレラで死ぬとすぐにつぶれてしまった。万さんという息子は日雇人夫《ひようとり》になったが、焼酎をうんと飲んで死んでしまった。暗い小さな蕎麦屋だったが、コレラがお媼さんの命を奪って、蕎麦屋を倒産に追い込んだことになる。息子の場合はコレラ関連死と言ってもいいだろう。

激しいコレラは門並《かどなみ》（軒なみということ）と言っていいほど荒らしたので、葛湯《くずゆ》・蕎麦がき・すいとん・煮素麺《にそうめん》など、熱いものばかり食べさせられた。これは感染の予防である。そして、病人の出た家の厠《かわや》（便所）は破《こわ》して筵《こも》を下げ、門口へはずっと縄を張って、巡査が立ち番をした。これは感染者が出た家への対応であった。コレラの感染は利久だけでなく、一帯に家続きで広がったのであるから、町は壊滅状態だったにちがいない。

深川芸妓だったおたけさんもコレラで死んだ。おたけさんは祖母の姪で、辻車に乗ってやって来て、「気分がわるい」と言った。「それなら早く帰る方がよいだろう」とその車で出たが、車屋が引き返して来て、「お客様が変だ」と下ろした。おたけさんは出て行ったときとはすっかり相好が変わって、目は落ち窪み、力なく見開いていた。車夫はたくさんのお札をもらって送ったが、おたけさんは帰宅して、そのまま急死したのである。

おたけさんの開いていた氷屋の店は、がらんとして乾いていた。おたけさんには道楽者の兄が二人いたが、その一人の由次郎と母親までが感染して、二、三日のうちに三人もいなくなってしまった。おたけさんの父親（祖母の兄にあたる）が営んだ呉服用達《ごふくようた》しの西川屋は繁昌したが、父親が亡くなると、悴たち（二人の兄のこと）はありったけの遊びをして、店をつぶしてしまった。由次郎はコレラの感染でなくても、長くは生きなかったと思われたと見ている。

「三日間に牡丹餅を食すれば、此病にかゝらず」

時雨は、蕎麦屋の利久とおたけさんの氷屋がコレラでつぶれた悲劇を回想した。それに加えて、「虎列刺除《コレラよけ》のをはぎに橋上の行者と疱瘡神の送り」という図版がある。ここには次のような説明がある。

虎列刺病流行の当時は、種々の事柄を言触せ、甚敷《はなはだしき》は三日間に牡丹餅を食すれば、此病にかゝらずと云ふものありて、各牡丹もちやの繁昌一方ならざりし。爰《ここ》に掲げしは、江戸橋際の牡丹もちやなり。入口に、柵《さく》をかまへ、人を斗《はか》りて出入せしめたり。此幣束は、疱瘡に罹り、全快せしもの丶為め、疱瘡神を送ると云へば、桟俵の上に赤飯を盛り、赤紙の幣束を添へ、川岸又は橋際へ置く習慣なり。

前半はコレラ流行期の噂である。その中でも甚だしいのは、「三日間に牡丹餅を食べれば、コレラに感染しない」という噂を流す者がいて、それぞれの牡丹餅屋の繁昌は尋常ではなかった。図版は江戸橋際の牡丹餅屋を描いた。「萩の餅」の看板を掲げ、店先で製造と販売を行っている。入口には柵を設けて、買いに来た人の出入りを調整している。「各牡丹もちやの繁昌」というので、この店だけでなく、あらゆる牡丹餅屋がこんな状態だったにちがいない。これは根も葉もない流言飛

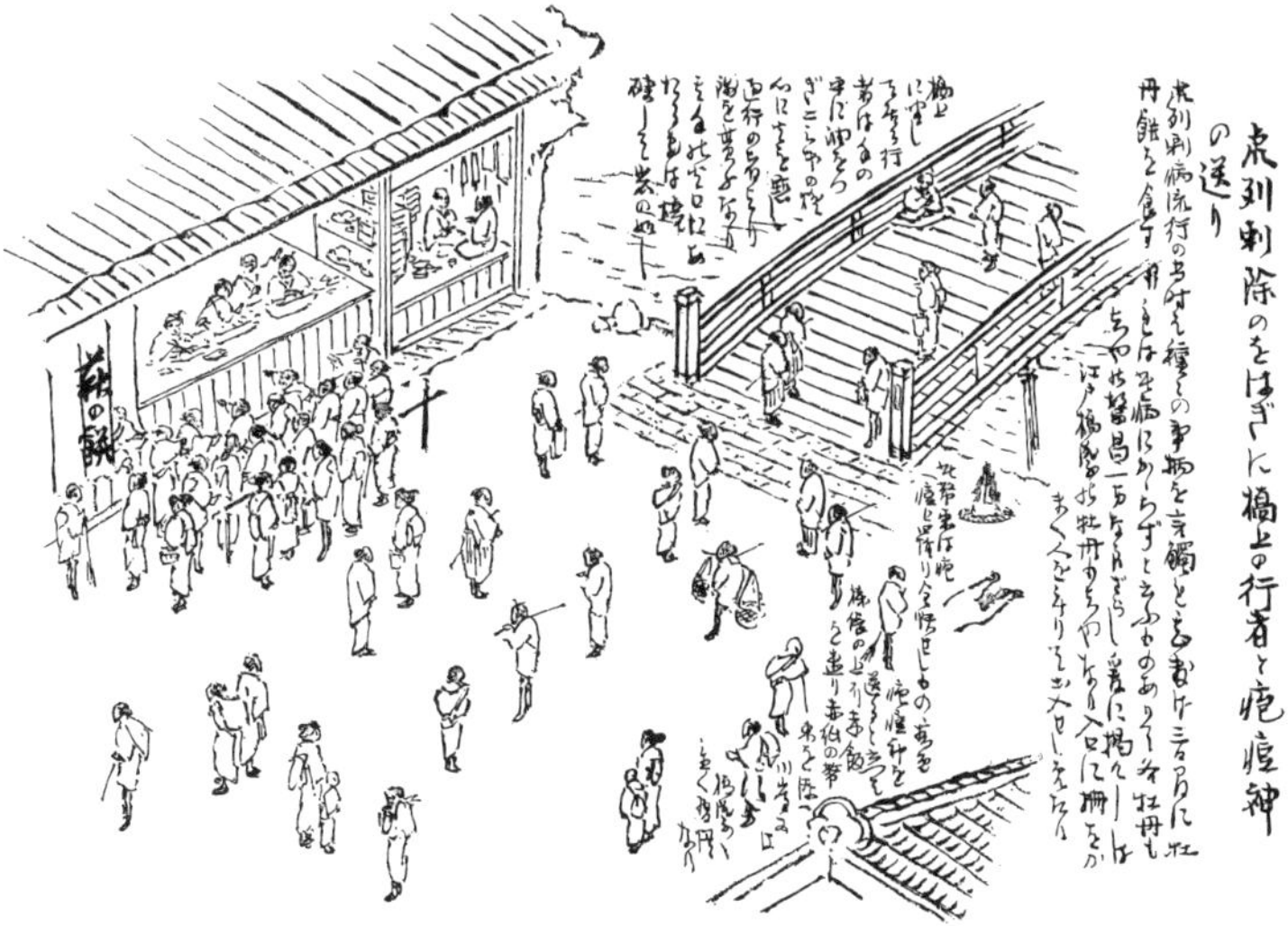

語だが、コレラの流行に便乗してこうした商売が繁昌したのである。

後半は、いわゆる疱瘡神送りであり、江戸橋の橋際の図絵を説明する。それは疱瘡（天然痘）にかかって全快した者のために、疱瘡神を送り出した。そのためには、桟俵の上に赤飯を盛り、赤紙の幣束を立てて、このように川岸または橋際へ置く習慣があったのである。別途述べた柳田国男の『遠野物語　増補版』の拾遺二六二話では、疱瘡を藁人形につけて村境の外に送り出したが、それと基本的には同じである。日本で広く行われた疱瘡神送りの民俗が日本橋でも行われていたと知られる。

「蛙は望《のぞみ》に応じ其場にて皮を剝《む》き料理《れうりし》て呉《く》れるなり」

また、「西洋の唐茄子《とうなす》」にも興味深い記述がある。唐茄子はカボチャの別称であるが、この回想ではトマトのことをこう呼んでいる。青葉の季節になると、日本橋界隈には、物売りがしきりにやって来た。稗蒔《ひえま》き、苗売り、金魚売り、風鈴売り、ほおずき売り、定斎屋《じょうさいや》（売薬行商の一つ）、甘酒売り、虫売り……、そうした中に、こんな物売りがいた。

青葉の影を「柳の虫」の呼び声が、細く長く、いいきな節に流れてゆく。
――孫太郎《まごたろ》むしや、赤蛙……
ゆっくりとした足どりで、影を踏むように、汚れのない黒の脚絆と草鞋《わらじ》が動く――小《ち》いさな引出しつきの木箱を肩から小腋《こわき》にかけて、薄藍色の手拭を吉原かむりにしている。新道にはまだ片かげがあって打水に地面がしっとりとしている。

この物売りは、節をつけて「柳の虫」、「孫太郎むしや、赤蛙……」の呼び声を立てた。出で立ちとしては、黒の脚絆と草鞋で、引き出しつきの木箱を掛けて、薄藍色の手拭を被っていた。引き出しにはこれらの民間薬が入っていたにちがいない。

この呼び声は、「いたづらものはいないかに目鏡かゞみとぎ　柳の虫や赤蛙に箱根山さんしやうのうを」という図版と対応している。説明はこうある。

いたづらもの〔はいないかな〕は鼠とり薬の行商にて石見銀山と唱ふ。此行商は図の如き小幟《このぼり》をかつぎ市町をいたづらものはいな〔い〕かなと云つつ売《うり》歩く。是は粉薬にて食物へまぜてくはせるものなり。〽いたづらものはいないかな。〽目がねかゞみとぎー。目鏡かゞみ磨《とぎ》は町中をめがねかゞみとぎと云《いひ》つゝ歩くものにて、命ずれば直《ただち》に其家に入り仕事に着手す。〽柳の虫やー赤がへる。柳の虫赤蛙山椒の魚とも何れも行商にて、蛙は望《のぞみ》に応じ其場にて皮を剝《む》き料理《れうりし》て呉《く》れるなり。〽箱根山本場左《さ》んしや〔う〕の魚《うを》で御坐い。

図版には四人の物売りが描かれているが、右から「鼠とり薬の行商」、「目鏡かがみ磨」、「柳の虫やー赤がへる」の行商、「山椒の魚」の行商である。「柳の虫」「孫太郎むしや、赤蛙……」の行商は、三番目の行商にあたる。

「柳の虫」は「柳虫」とも言い、柳の幹を食害する木食い虫の一種で、醤油に漬けて、焼いて食べた。「孫太郎むし」はヘビトンボの幼虫で、黒焼きにして食べた。「赤蛙」は皮と腸を取り去り、醤油に漬けて、焼いて食べた。いずれも子供の疳《かん》の妙薬とされている。図版の説明では、赤蛙はその場で皮を剝いて料理してくれたという。

一八五三（嘉永六）年頃に完成した喜田川守貞の随筆『守貞謾稿』六には、「赤蛙売　アカヾヒル及ビ柳虫ヲ売ル。小筥《こばこ》等ニ納《い》レ、風呂敷裹《ふろしきづつみ》ニテ負来《おひく》ル。京坂ノ赤蛙ハ枯《かれ》タルヲ売ル。柳虫ハ活《いく》ル

ヲ売ル。江戸ハ赤蛙柳ノ虫マムシ等皆活ルヲ売リ、買人《かふ》アレバ忽チニ裂レ之殺《これをさきころし》テ売ル」とある。上方と江戸で売り方が違うことを比較しているが、江戸の記述が時雨の回想と一致することが確認できる。

こうして行商された民間薬は、子供の疳に効くとされただけではなかった。時雨よりやや早く生まれた夏目漱石は、『吾輩は猫である』の「九」に、主人の黒眼と白眼が判然としないことについて、「是は胎毒の為だとも云うし、或は疱瘡の余波だとも解釈されて、小さい時分はだいぶ柳の虫や赤蛙の厄介になった事もあるそうだが」とある。これは漱石自身のことでもあったが、この主人は種痘の副作用で痘痕面《あばたづら》になったという。柳の虫や赤蛙は疱瘡の治療薬ともされていたことが知られる。

微笑する「僕」——小島信夫「微笑」と小児麻痺

「あの微笑している幸福そうな父親は僕なのだ」

一九一五（大正四）年、岐阜県で生まれた小島信夫は、一九四二（昭和一七）年に入隊し、中国各地を転戦、北京で終戦を迎えた。その後は領事館や司令部で渉外事務に従事し、一九四六（昭和二一）年三月に復員した。岐阜へ戻って、本巣郡上川内の疎開先にいた妻・キヨと出征中に生まれた長男・一男と再会する。

秋九月から岐阜師範学校に勤めるが、一九四八（昭和二三）年に上京、千葉県佐原女学校、継いで東京都立小石川高等学校、一九五四（昭和二九）年に明治大学に勤めた。その年の七月の『世潮』に発表したのが「微笑」であった。この短編小説は、わが子の小児麻痺を題材とした作品である。

ポリオはポリオウイルスが原因になって、手足に急性麻痺が起こる感染症である。小児期に起こる麻痺性の疾患なので、かつては小児麻痺と呼ばれた。しかし、一九六一（昭和三六）年に経口生ワクチンが登場し、全国で集団接種が開始されて、患者数は激減した。今でも海外での発症は見られるが、日本では一九八〇（昭和五五）年を最後になくなった。

「微笑」は「僕」の視点で、復員後に初めて会った息子との物語を語る。息子は体が不自由であり、それは脳性小児麻痺であるという診断がくだった。症状が次第に悪化し、妻との葛藤が深まるが、息子に愛情が生まれないことに悩む。やがて岐阜から東京に出て、息子は小学校に通う。そうしたときに小児麻痺患者の水泳講習会に参加する。この小説は八年ほどの時間を追い、岐阜と東京を舞台にして書かれている。

冒頭の前書きは、小説末尾の伏線として置かれている。Y新聞に小児麻痺患者の水泳練習を撮った写真が、「プールの中で微笑する父親」という見出しで載った。それを「あの微笑している幸福そうな父親は僕なのだ」と語る。新聞では、障害を抱えた子供を持つ父親がリハビリに参加するという理想的な親子の姿として報道されたはずだ。

だが、「幸福そうな父親」という「そうな」を重く読めば、外見が幸福に見えるだけで、表面的な姿でしかないことを暗示する。偽善とまでは言わないにしても、その幸福が内実を伴うかについて、「僕」には素直に肯定できない自覚があったのではないか。誤解を恐れずに言えば、幸福な父親を演じているという自己認識である。

そうした認識を先鋭化させた前提は、写真による自己の客観化がある。写された写真で自分の病状と生活する病室を鋭く認識したのは、正岡子規だった。だが、ここでは、小児麻痺患者の息子を置き去りにしたままに、父親の「僕」の方が焦点化されている。この小説は、小児麻痺患者の息子ではなく、「僕」が主題であることがわかる。

「なにをしやがる」「小児麻痺は不具ではないわよ」

岐阜の県立病院で小児麻痺の診断がくだったのは一年後だった。注射で治るのは罹病後二カ月以内で、その後は専門的なマッサージしかなかったが、息子は片手片足が悪い脳性小児麻痺なので、最初から治す方法はなかった。地域の中核医療を担う県立病院でも診断が難しかったのは、ウイルスの血清学的診断ができなかったからだろう。

そもそも、小児麻痺には、ウイルスの飛沫感染による脊髄性小児麻痺（ポリオ）と胎生期・出産時の脳の疾患による脳性小児麻痺がある。息子の場合は後者だったので、感染症ではないことになる。厳密に言えば、感染症を扱った本書の範囲を逸脱することになるが、この病気が置かれた社会的な状況は別ではないので、それを承知で話を進めてゆく。

脳性小児麻痺ならば、栄養不足を起こした戦争の責任であり、妻には「生きているだけましではないか」と言った。多くの死者を出した戦争を思えば、「生きているだけまし」は戦後を生きる論理だった。だが、そのため息子に愛情を持てず、社会的な視線を借りて愛情を示そうとした。新聞に写真が載るのも、その延長上の行為であったと見られる。

だが、息子に対する暴力は激化してゆく。小用が上手にできない息子を殴り倒し、布団の上に放り出し、尻をたたいた。息子が生きるための勇気をつけるという大義名分を忘れ、虐待の快感に浸った。それを見た妻が飛びかかってきて、「なにをしやがる」と罵った。妻は暴力を止めたが、「僕」

には家庭こそが戦場だったにちがいない。

息子が幼稚園で腕を折ったので、乳母車に乗せて接骨医に通った。その際、手をつっているのは小児麻痺のためで、治療が遅れたのは親の責任だ、などと批判する人々の声が聞こえた。これは幻聴にすぎないが、それほど社会の噂におびえていた。幻聴からは、小児麻痺が一人前の病気とは認められていなかったこともわかる。

妻は幼稚園を批判し、「小児麻痺は不具ではないわよ。ちゃんとあるべき位置にあるべきものがあるんですもの。脱臼は不具よ」などと怒った。妻にとって息子の病気は脱臼であり、小児麻痺はやはり病気ではなかった。妻の言葉にうながされて、東京へ出ることにした。実際、小島は一九四八年に岐阜を離れている。

広い東京では誰もが息子の病気に無関心で、岐阜にいたときのような視線を感じることはなかった。その気になって捜せば、どこにも体の不自由な子供がいた。息子は特別ではなくなったが、今度は病気の程度が気になった。そこで、指押しをし、箸を持たせ、ボールを受けさせるなど、次々とリハビリを行った。息子のリハビリは、自身の感情のリハビリでもあった。「僕」は小児麻痺に対して当事者意識を持ちはじめていたにちがいない。

「いいと思います（僕のような父親にとっては）」

「僕」は新聞も監視していて、小児麻痺患者に対する特別水泳講習会がYWCA（キリスト教女子青年会）の室内プールで行われるという記事を見つけた。赤十字社の主催で患者八〇名に補導員が一名ずつ付いてやるものだった。小児麻痺患者が社会問題になり、治療が進むアメリカから帰ったA医師の指揮で講習会は行われた。第二次世界大戦の傷病兵のリハビリが始まり、それは身体に不自由を持つ子供のリハビリにも効果があるという研究に進んでいたのである。

息子のリハビリに力を注ぐ「僕」は講習会に出かけた。スタンドから監視していると、A医師に勧められてプールへ入るが、補導員と息子の間に入り込む隙はなかった。立ちすくんでいると、「ちょっと笑って下さい」と声をかけられ、思わず笑うとフラッシュがたかれた。冒頭の「微笑する父親」はこの瞬間を撮った写真だった。「この試みはいいと思いますか（僕のような父親にとっては）」と尋ねられ、「いいと思います」と答えた。

ホラ、こんなに泳げる
身体の不自由な子らに講習会

○…"ホラこんなに泳げる"もう夏が来ても大丈夫、みんなと一緒に海で遊べると大はしゃぎの子供たちは二十日午後一時から東京都千代田区神田YWCA室内プールに日赤東京都支部の主催で行われたわが国初の試み「肢体不自由児水泳講習会」の生徒たちで、両肩から各関節のない鈴木慰也ちゃん(一〇)(都下西多摩郡瑞穂町)やはるばる栃木県から両親に付添われて来た両足不自由な野田耕一郎ちゃん(一〇)ら小、中学生五十五人。

○…水につかるのは始めてとあってコワさとうれしさ半分の顔つきだった子供たちも湯気のたちこめるプールに浮袋、まわりにお医者という御膳立てに安心したらしくみるみる上達、泳いだ子、みつめる母親…ともに喜びの涙で目がうるんでいた。

○…午後二時から高松宮妃殿下もお見えになりいまはすっかり明るさを取りもどした子供たちを暖かく励まされたが、主催者の日赤東京都支部では『気の毒な子らに何とかしてみなに負けないという自信をつけさせるため、それに水泳は治療の一つとして実に有効です』と語っている【写真は係員に抱かれて泳ぎを習う子どもたち】

［『読売新聞』（1954年３月21日）より］

御茶ノ水駅で息子に一〇〇万円のくじを引かせた。息子が来ると、不思議にくじがあたるという評判があったからだ。これは、障害のある子供は幸福をもたらす「福子」「宝子」であると見る民俗から来るにちがいない。だが、くじを引かせるのは、A医師から批判されるだけでなく、自責の念に駆られることでもあったので、「（なにをしやがる)」という心の声が聞こえた。非合理的な迷信からの自立も図られねばならなかった。

この「Y新聞」は『読売新聞』ではないかと考えて調べると、一九五四年三月二一日に、「ホラ、こんなに泳げる／身体の不自由な子らに講習会」の囲み記事が見つかる。この講習は三月二〇日から二七日まで開催された「肢体不自由児水泳講習会」であった。載った写真を見ると、プールの中の穏やかな雰囲気に比べ、スタンドの人々の緊張感が際立つ。小島と特定できる人物を捜すのは困難だが、講習会の雰囲気はよくわかる。

この小説は、繰り返される「微笑」が、「なにをしやがる」という罵声的な批判と対峙する構造になっている。新聞の取材に乗って思わず「微笑」し、心にもなく「いいと思います」と答えてしまった言葉は、自らの偽善を暴露する。「(僕のような父親にとっては)」という心の声は、自らが発した言葉を相対化するが、容易に解消できない苦悩を示すものでもあった。

だが、この小説は、息子に対して「不具」という言葉を連発するので、現在の福祉や人権の思想から見れば大いなる批判に値する。小説の中でも、妻から、「小児麻痺は不具ではないわよ」と非難されている。そうした意味で言えば、病気の息子が十分に受け止められているとは言いがたい。しかし、だからと言って、この小説を貶めることはできない。復員した父親が小児麻痺患者の息子と向き合い、虐待と愛情の狭間で揺れ動く赤裸々な姿を描いたことは、今もなお福祉や人権という思想に鋭く突き刺さる。

世界で最初にポリオの根絶を実現

小島信夫は「微笑」の二カ月後の一九五四年九月、『文學界』に「アメリカン・スクール」を発表し、直後に編んだ短編集『アメリカン・スクール』(みすず書房)に「微笑」も収録した。翌一九五五(昭和三〇)年一月、「アメリカン・スクール」によって第三二回芥川賞を受賞する。

加藤茂孝『人類と感染症の歴史』(丸善出版、二〇一三年)に照らすと、一九五四年頃はポリオの発生数が増え、毎年二〇〇〇人を超えていた。息子は脳性小児麻痺だったが、水泳練習に集まった子供にはウイルスによるポリオが多かったと思われる。「ポリオ」という言葉はまだ社会に浸透していなかったが、小島はそれを逆手に取って、「小児麻痺」という言葉で、息子の障害だけでなく、社会の動向に敏感に反応してこの小説を書いた。

後日談になるが、小児麻痺の行方を追っておきたい。その後やや減ったかに見えたポリオは、死者数は抑えられたものの患者数が急増した。一九六〇(昭和三五)年には北海道で大流行した。感染流行地になった大夕張の炭鉱住宅では「小児マヒ患者の家」という紙が貼られ、近所から疎外された家族は登校や出勤もできなくなった。こうした状況を目のあたりにして動いたのが、NHK社会部の記者・上田哲(一九二八〜二〇〇八)だった。

彼の著書『根絶』(現代ジャーナリズム出版会、一九六七年)は、当時の状況を克明に書き残している。一九六一(昭和三六)年には九州で大流行が始まった。すでにウイルスを殺して作ったアメリカ産のソークワクチンがあったが、接種に時間がかかり、感染拡大を食い止められなかった。政治と学問が動かないのに業を煮やし、ウイルスを弱毒化して作ったソビエト産の生ワクチンを輸入して普及させることを考えた。

上田は放送というマスメディアを使ってポリオの根絶を叫び、母親の気持ちを動かした。人気アナウンサーの高橋圭三（一九一八〜二〇〇二）が番組の中で生ワクチンを飲んで安全性をアピールし、知識不足から来る恐怖を払拭した。その結果、世論が動かされ、一三〇〇万人の生ワクチン一斉投与を実現した。そこにあったのは、治療対策ではなく、患者を増やさない予防（防疫）を徹底しようという思想だった。

翌年は投与数を二三三七万人に増やし、翌々年の一九六三（昭和三八）年には患者数が激減した。だが、それに甘んじることなく、二次感染や類似疾患の追跡調査を継続した。米ソ対立の冷戦構造を考えて生ワクチンの国産化を進め、ポリオを法定伝染病に指定し、生ワクチンの定期義務接種を法律化した。そのようにして、世界で初めてポリオの根絶が実現したのである。

しかし、今、同時代を生きた人々が高齢化し、私たちの多くは一九六四（昭和三九）年の東京オリンピック開催の前夜にこうした事実があったことを知らない。それは、東京オリンピックの直後に東京パラリンピックが開催されたことを知らないこと以上だろう。もちろん、ポリオが恐怖の対象でなくなれば、小児麻痺を書いた「微笑」という作品も忘れられてゆく。だが、この一連の流れから見て、子供の障害のみならず、ワクチン行政についても考えなければならない歴史がここにはある、と言っておきたい。

感染症文学論のためのノート

ここまで、明治半ばから昭和の戦後まで、文豪たちが書いた感染症をめぐる主要な作品を取り上げて、感染症文学史を思い描いてみた。その中で、取り落とした内容や次に考えている課題を三点ほどノートしておきたい。

語られる感染症と隠される感染症

福田眞人の『結核の文化史―近代日本における病のイメージ―』（名古屋大学出版会、一九九五年）は、結核という感染症と文学の関係を追った点で、本書を書く際の起点になった。結核は、多くの犠牲者を集中的に出したスペイン風邪に比べて長期にわたり、日本人の精神性に深い影響を与えたことがある。そのイメージ形成に最も大きな影響を与えたのは文学であることがこれで明らかにされた。

なかでも注意される一人は、結核で恋人を喪い、自身もそれで亡くなった堀辰雄（一九〇四～五三）である。その中に、堀が初めての結核の治療薬・ストレプトマイシンの使用を勧められたときに、「僕から結核菌を追っ払ったら、あとに何が残るんだい?」と言ったというエピソードがある。たった一言だが、堀の文学の本質に関わる重大な発言であった。それについて福田は、「結核をめぐるさまざまな状況を描いてきた自己の文学的土壌の崩壊と喪失をさえ感じさせる」と指摘した。この認識は、堀一人だけのものではなく、おそらく近代文学史の根幹に関わるように思われる。ストレプトマイシンという特効薬の登場が、結核という病気を一掃するには時間がかかった。だが、結核が次第に死を意識するような病気でなくなっていったことも間違いない。もちろん、俳人の石田波郷（一九一三〜六九）の『清瀬村』（四季社、一九五二年）のような作品がなかったわけではない。特に東洋一のサナトリウムとされた清瀬で多くの文化人が療養生活を送り、そこから戦後の優れた人材が輩出されたことは、改めて検証する必要がある。

だが、結核患者の文学が堀のサナトリウム文学をもってある終焉を迎えたことは疑いようのない事実である。誤解を恐れずに言えば、それは作家たちが結核に依存した作品を書けなくなることを意味した。

思えば、正岡子規は自らが結核患者であることを衆知の事実として、病床から作品を書いただけでなく、厳密な感染対策を明言することで、かえって濃密な人間関係を構築した。その後の石川啄木は、当初結核は遠景にある他者であったが、家族が感染し、自らも感染して、亡くなる。従って、没後に発刊された第二歌集『悲しき玩具』（東雲堂、一九一二年）は、まさに感染者の文学であり、病院における自身の闘病生活を次のように詠む。

そんならば生命《いのち》が欲しくないのかと、
医者に言はれて、

だまりし心！

こうして語られる感染症に比べて特異なのは、森鷗外の態度である。鷗外は結核研究の動向に卓越した見識を示しながらも、肋膜炎にかかって以来、結核に対する恐怖は終生尽きることがなかったという。福田は、最初の妻の登志子との離婚も、不和以上に結核の家系にあったと見ている。「隠れ結核患者」と呼んだように、鷗外は仮面を被り、自身が自覚開放性結核患者であることをひたすら隠したことは、あまり知られていない。

だが、鷗外は極度に悪化した肺病患者であった。彼がどのような注意を払って生きたのかはやはり気になる。ロベルト・コッホに最新の感染症学を学んだ鷗外の心得は、自身の作品よりも家族の印象記に示されている。鷗外に愛された森茉莉は、一九八一（昭和五六）年一〇月の『婦人公論』に寄せた「父　鷗外のいろけについて」で、次のように述べた。

今言ったような意味で、鷗外には（いろけ）があった。鷗外は身だしなみというものを、全身を〈清潔〉にしておくことだとしていたようである。湯を入れたバケツと、空《から》のバケツとを並べておいて、先《ま》ず先《さき》に頭を洗い、次いで全身を拭《ふ》いた。力を入れて全身を拭くので、手拭いは直《す》ぐにブツブツが出来て、替えなくてはならなかった。バケツの傍には競馬石鹸が、石鹸箱には入れずに真紅《あか》い繻子《しゆす》の包み紙に載せて、置いてある。包み紙には黄金色《きんいろ》の細い紐が着《つ》いている。真紅《あか》い繻子の包み紙には英国人らしい騎手の画が描いてあった。

その体を清潔《きれい》にする作業は、遣《や》り方も、順序も定《き》まっていて、それは侍の切腹をする時の儀式のように、整然としていた。最後に体の一部を洗うのである。又父は、半紙を二つに截《き》り、それを四つに折ったものを平常《いつも》持っていて、食事が済むとそれを二枚取って、箸の尖端《さき》を包んで、コトリと、箸箱に入れた。手洗いに立った時にはその二枚で体の尖端《さき》を包んで、六尺の中に入れたのである。

他にも、一九八六（昭和六一）年一一月の『小説ＷＯＯ』の「父のこと3」に、「アイスクリームはいい店のものに限って与え、果物は皆煮て、冷蔵庫で冷たくし、砂糖をかけて、与えた」や、「汽車の中で母が朝、洗面所に行こうとすると「汽車の洗面所の水も水道の栓も不潔だ。番茶でうがいをしておけ」と言ったそうだ」とあるのが見つかる。

鷗外の「清潔」に対するこうした偏愛は、茉莉がいう、「十九世紀末のドイツの衛生学に凝り固まっていた」と見るだけでは十分ではない。福田は、「鷗外にとって結核とは、家族にさえ秘密にすべき種類の、重大な病であったのである」と見ている。だが、感染症文学という視点に立つならば、二人の見解を真偽という物差しで分断するのではなく、多義的に読み解く必要があるのではないかと考えられる。

病気を語る隠喩がはびこる現代社会

感染症文学では、肉体的な病気として感染症を取り上げるだけではなく、感染症がどのような言葉で語られているかが問題になる。文学がそうしたことに極めて自覚的であったことは、随所にうかがうことができる。だが、小説にしても随筆にしても、その言葉がどのような意味を帯びているかについての分析はなお十分ではない。

そんなことを考えるのは、スーザン・ソンタグ著、富山太佳夫訳『隠喩としての病い』(みすず書房、一九八二年)を常に脇に置いて作品を読んできたからに他ならない。この本の重要性については、最初の緊急事態宣言の最中に、医師の橋都浩平が「ソンタグ「隠喩としての病い」から読み解く」(『毎日新聞』二〇二〇年四月二三日)で取り上げ、コロナの状況に対する理解の仕方に警鐘を鳴らした。

スーザン・ソンタグ(一九三三〜二〇〇四)は、アメリカ生まれの批評家であり、東欧ユダヤ系移民の二世だった。小説・映画・写真などについての鋭い評論で活躍した。彼女は長年癌を患い、急性骨髄性白血病で亡くなった。『隠喩としての病い』は一九七八年に連載され、単行本になった。すでに半世紀近く前のことである。

まず「仰々しく隠喩に飾りたてられた病気が二つある」として、前世紀の結核と今世紀の癌を対置する。この二つは「死と同義とされる病気」であり、「隠すべきもの」とされた。こうした考えに立つならば、森鷗外が家族にも結核を隠したことについて、福田眞人は「娘たちの嫁入り先に困難をきたす」と述べたが、そうした即物的な理由に限定することは難しいことになる。

ソンタグは結核と癌を比較して、「結核は両義的な隠喩で、災厄であると同時に繊細さの象徴でもある。癌の方は災厄としか見られず、隠喩的にいうなら、内なる野蛮人でしかなかった」とした。

福田のいう、「結核のロマン化と非ロマン化」という対照性も、この「両義的な隠喩」の範疇で考えることができそうだ。

今日省みるべき言説としては、次の一節を引かなければならない。

医学の中で軍事的な比喩が広く使われ始めるのは、細菌が病因となりうることがつきとめられる一八八〇年代に入ってからのことである。細菌は「侵入する」、「潜入する」と言われた。しかし、癌の場合、包囲とか戦争とかいう表現が、今日では異様なほどの迫真性と力をもつに到っている。この病気の進み方や治療法がそのように記述されるのは勿論のこと、癌自体が社会に戦争を挑む敵とみなされるのである。最近では癌との戦いも植民地戦争めいてきたが、——従って、植民地戦争なみに政府資金をつぎ込むことになる——植民地戦争がうまくいかなくなったここ十年ほどは、この軍事的修辞も自爆的にひびこうというものである。

一八八〇年代というのは、コッホが結核菌やコレラ菌を発見した時期を指す。それは医学の進歩であったが、感染症の原因が細菌であると特定されるのに伴って、戦争用語を借用して語られるようになったという。確かに、遺伝が原因であるならば、戦争用語が入り込む余地は考えにくい。

一方、例えば、結核が遺伝ではなく、伝染(今でいう感染)によることがわかったときに生まれる問題に自覚的だったのは正岡子規である。だが、子規の場合は、結核を戦争に見立てて語るのではなく、むしろ、母親が子供に注ぐ愛情が阻止されることを取り上げたのは、ソンタグの考えを首肯するものではない。

そうして見るならば、ソンタグが戦争用語を借用して病気を語ることに強い忌避感を示したことは、やや異なる意味を帯びてくるかもしれない。特に、病気と戦争のアナロジーを指摘して、「植民地戦争めいてきた」と述べたことは見逃せない。植民地戦争として想定していたのが、アメリカが介入したベトナム戦争であったことは疑う余地がない。

だが、日本の感染症文学を見ると、やはりこれを鵜呑みにするのは危険である。今後の精査が必要であるが、文豪たちが書いた感染症は、戦争のアナロジーに熱心だったとは言いがたい。確かに、スペイン風邪の感染が拡大したときに、与謝野晶子は「抵抗」と言い、「今は死が私達を包囲して居ます」と述べた。「包囲する」は戦争用語だが、主語は「死が」であって、「感冒が」のような言い方はしていない。

それは戦場における感染症を描いた場合にも言えるかもしれない。大岡昇平（一九〇九〜八八）の『俘虜記』（創元社、一九五二年）は、フィリピンで捕虜になった「私」の体験を書いている。その中に、こんな一節が見える。

> 私は死がマラリア患者を急激に襲うのに気がついていた。私は絶えず自分の体の状態を監視し、まだ死につつないのを確かめた。私はまた病人が死ぬ前に糞便を失禁するのを見て、苦痛が激しくなると、わざと戸口まで匐《は》い出して小便をして見た。

この「襲う」も戦争用語だが、晶子と同じように、主語は「死が」であって、「マラリア原虫が」ではない。どちらの場合も死の恐怖は甚大だったはずだが、病気を戦争のアナロジーとして語るのとは微妙な差異がある。医学が未発達であるためかもしれないが、感染症を隠喩化せずに受け止める精神性があったのではないかと思われる。

ここで唐突に、私たちを取り巻く言説について論じることには違和感があるかもしれない。だが、今、新型コロナウイルス感染症の感染拡大を目の当たりにして、政治家が「コロナとの戦いに打ち勝った証としてのオリンピック」と言い、さらに「ワクチンという武器」と言うのを、私たちは何の疑念もなく受け止めている。これもグローバル化の結果なのかどうかは慎重に考える必要があるだろう。

今こそ、ソンタグが『隠喩としての病い』を著した意図を思い起こしたい。彼女は冒頭ではっきりと、「病気に対処するには——最も健康に病気になるには——隠喩がらみの病気観を一掃すること、なるたけそれに抵抗することが最も正しい方法である」と述べた。そうであるにもかかわらず、日本はもちろん世界中で、この一冊はなかったことになっているように思われてならない。

訳者の富山太佳夫は「いささか皮肉なことかもしれないが、文芸評論家ソンタグは、芸術作品のテキストではなくて、病気（とくに結核と癌）というすぐれて社会的なテキストの解読を通して、彼女の最もみごとな作品のひとつを生みだした」と評価した。そのこととの関係で言えば、本書はソンタグが触れなかった小説や随筆を対象にしたのだと言っておきたい。「史料としての感染症文学」と規定したが、一義的な歴史に還元しようとするわけではなく、「芸術作品のテキスト」として読み説きたいと考えたことは言うまでもない。

残された感染症文学の二つの課題

本書は感染症文学を正面から取り上げたにもかかわらず、実は二つの課題についてほとんど触れないままにここまで来てしまった。

一つは戦争と感染症の問題である。先の『俘虜記』には、「ミンドロは比島群島中最も悪性のマラリアの発生する島だそうである。しかし予防薬をとっていたため、サンホセにいる間は患者は二三名を越えなかったが、山へ入る時衛生兵がキニーネを忘棄したため、やがて急速に蔓延し、一月二十四日米軍に襲撃された時、立って戦い得る者三十人を出なかった。最後の半月の間には大体一日三人ずつ死んで行った」とある。

キニーネとはマラリアの特効薬のことである。第一次世界大戦のスペイン風邪ばかりでなく、戦場はむしろ、感染症による死のリスクとの戦いの方が甚大だったことが知られる。実は、これまでの戦死を語る言説は、その名誉が重んじられたために、不名誉でしかない感染症による病死は、必ずしもその実態が明らかになっているわけではない。

私がこれまで深く関わってきた昔話の研究においても、戦争と感染症が取り上げられるようになったのは、近年のことにすぎない。井上幸弘・野村敬子編『山形　やまがた絆語り』（星の環会、二〇〇六年）には、ニューギニアの戦地で病死してゆく戦友に、ふるさと・東北の昔話を語り聞かせた新田小太郎さんの話が出て来る。こうした昔話が感染症文学の範疇にあることは言うまでもない。

もう一つはハンセン病の問題である。かつては癩病と呼ばれ、不治の遺伝性疾患とされたが、一八七三年、ノルウェーの細菌学者アルマウェル・ハンセン（一八四一〜一九一二）が癩菌を発見し、感染症であることが明らかになった。今では化学療法などによって完治する病気である。だが、一九九六（平成八）年の「らい予防法」の廃止まで、強制隔離や優生手術などの差別や偏見が続いたのである。

本書は近代以降の感染症文学を対象にしたが、それまでの感染症文学を視野に入れるならば、最も重要な問題はこのハンセン病になる。ハンセン病は、感染症文学において、結核や疱瘡（天然痘）にも増して考えなければならない課題を残している。だが、名著とされる富士川游『日本疾病史』（平凡社、一九六九年。初版は吐鳳堂書店、一九一二年）でも、「疫病」「痘瘡」「水痘」「麻疹」「風疹」「虎列剌」「流行性感冒」「腸窒扶斯」しか見られない。ハンセン病については歴史学や美術史においで一定の成果はあるものの、全体像はまだ見えていない。

だが、「らい予防法」の廃止を受けて、大岡信・大谷藤郎・加賀乙彦・鶴見俊輔編『ハンセン病文学全集』全一〇巻（皓星社、二〇〇二〜一〇年）が発行されたことは特筆に値する。大谷は「疎外、抵抗、絶望、人間回帰、人間が人間であるための諸条件に突き当たり出来上がって残された作品群である」、鶴見は「軽やかに時代から飛び去る言葉があり、その反対に時代のそこに沈んでひろく同時代の人の目に触れない言葉がある」と紹介した。

各巻はジャンル別に構成され、小説三巻、記録・随筆一巻、評論一巻、詩二巻、短歌一巻、俳句・川柳一巻、児童作品一巻からなる。「凡例」によれば、「本全集は、ハンセン病歴のある作家の手による文学作品を集めたものである。収録した作品は一九二〇年から二〇〇〇年までに刊行された、私家版を含むおよそ千冊の単行の中から選んだ」という。巻末には丁寧な「著者紹介」があり、在日韓国・朝鮮人が含まれることが知られる。その先に、村井紀編『明石海人《あかしかいじん》歌集』（岩波文庫、二〇一二年）が生まれたことも思い浮かぶ。

だが、こうして感染症文学をたどってきたとき、この全集に欠落を感じたことも否定できない。それは、例えば、島木健作（一九〇三〜四五）の「癩」があるからだ。これは一九三四（昭和九）年四月の『文学評論』に掲載され、同年一〇月発行の『獄』（ナウカ社）に収録された。これは自身の獄中体験をもとに書いた小説だが、その中にこんな一節がある。

——自分の一つおいて隣りの監房に移してはならぬ独房の男、自分に近づけてはならぬ犯罪性質を持った男、といえば、自分と同一の罪名の下に収容されている者以外にはないのである。——かの新入りの癩病患者は同志に違いないのだ。そしていつの日にかかつて自分の出会ったことのある同志の一人の変り果てた姿に違いはないのだ！

主人公・太田二郎は収監中に結核で喀血して隔離病舎に移され、偶然、ハンセン病患者になってすっかり容貌が変わった同志・岡田良造に再会する。二人は共に感染症の患者であるが、太田の視線は悲哀感だけでなく、差別感を内包している。こうした作品は、当時の政治状況を配慮するにしても、厳しく批判されねばならないことは言うまでもない。確かに『ハンセン病文学全集』は優れた成果だが、ハンセン病歴のある当事者の作家の作品に収録を限定したために、こうした問題が隠れてしまったことは述べておかねばならない。

あとがき

最近の著書には、「あとがき」を書かないようにしてきた。一冊の本が生まれるにあたっては、私自身の意志以上に、それに関わってくださった関係者の尽力が大きいことは言うまでもない。もちろん、「あとがき」に記した内情は重要だが、それで本文の読み方を拘束したくないという思いが強い。それ以上に、謝辞を記すことで、言い訳めいた印象を残したくないという気持ちもある。従って、ここに「あとがき」を残すことは異例と言ってよく、かなり考えた末の結果である。

理由の一つには、感染症には医学的にも今は使わない言葉があるだけではなく、作品の中には、今日から見れば、人権を無視した差別的な表現が数多く見られることがある。例えば、小島信夫が「微笑」で、息子を「不具」と呼ぶのなど、児童虐待に値すると言ってもいい。そうしたことを深く認識したが、「史料としての感染症文学」を掲げた本書では、今日の価値観で裁断するのではなく、その言葉の歴史的な意味を封印せずに論じたいと考えた。本書を読んでくださった方々のご理解を賜りたい。

本書は、昨年三月からたゆみなく続けた感染症文学に対する私見である。日本および世界中で蔓延する新型コロナウイルス感染症の感染拡大に心を痛めながら作品を読み、年が明けてから一挙に書き上げた。この間の対策や報道に対して言いたいことは多いが、一定の距離を置きながら冷静に書いたつもりである。それにも増して気になるのは、感染拡大に便乗して発生している人種や民族などの差別をめぐる問題である。だが、それらを含めて直接的には述べず、本書を読んでくださった方々の知見に委ねたいと考えた。

感染症文学については、東京学芸大学の学部生や東京学芸大学・一橋大学の大学院生にオンライン授業で話したこともある。小金井市高齢者いきいき活動講座の「感染症と文学」全四回では千川史子さん、西東京市図書館縁（ゆかり）講演会「文学から見た感染症」全二回では湊山敦子さんと望月絵里花さんのお世話になった。時事通信社の石丸淳也さんには、時評として「正岡子規もソーシャルディスタンス」を載せていただいた。

そして、この一年間、感染症文学を一緒に読んでくれた妻の季子に深く感謝したい。外出ができないなかでも、正岡子規のことをはじめとして毎日のように話したことが、本書の根幹になっている。森鷗外と森茉莉の父娘の作品については、ほとんどを妻に教えてもらった。今回は草稿ができあがるたびに読んでもらって、まず意見を聞いた。

河出書房新社編集部の藤﨑寛之さんには、短時日にもかかわらず、社会の状況を見ながら迅速に編集していただいた。二〇一二年（平成二四）の『いま、柳田国男を読む』、二〇一四（平成二六）年の『1964年の東京オリンピック――「世紀の祭典」はいかに書かれ、語られたか――』以来のおつきあいになる。このテーマについてのご理解がなければ、重苦しい雰囲気の中で心が萎えてしまい、本書は生まれなかっただろうということは、最後に記しておきたい。

二〇二一年三月一六日

石井正己

参考文献

芥川龍之介『杜子春・南京の基督』角川文庫、一九六八年
芥川龍之介『芥川龍之介全集　第九巻　第一八巻　第二四巻』岩波書店、一九九六〜九八年
浅井清編集・評伝『新潮日本文学アルバム39　菊池寛』新潮社、一九九四年
阿部昭編『飯待つ間』岩波文庫、一九八五年
阿部泰郎『湯屋の皇后─中世の性と聖なるもの─』名古屋大学出版会、一九九八年
荒井裕樹『隔離の文学─ハンセン病療養所の自己表現史─』書肆アルス、二〇一一年
飯島渉『マラリアと帝国』東京大学出版会、二〇〇五年
飯島渉『感染症の中国史』中公新書、二〇〇九年
石川啄木『啄木全集　第六巻』筑摩書房、一九六七年
石川啄木『明治文学全集52　石川啄木集』筑摩書房、一九七〇年
石川達三『石川達三作品集　第三巻　望みなきに非ず』新潮社、一九七二年
石田波郷『清瀬村』四季社、一九五二年
石弘之『名作の中の地球環境史』岩波書店、二〇一一年
石弘之『感染症の世界史』角川ソフィア文庫、二〇一八年
伊藤恭子編『はやり病の錦絵』内藤記念くすり博物館、二〇〇一年
稲垣達郎編集代表『明治文学全集　別巻　総索引』筑摩書房、一九八九年
稲垣裕美『病まざるものなし』内藤記念くすり博物館、二〇一一年
岩橋邦枝『評伝　長谷川時雨』筑摩書房、一九九四年
上田哲『根絶』現代ジャーナリズム出版会、一九六七年
内田百閒『内田百閒全集　第一巻　第一〇巻』講談社、一九七一、七三年

内田道雄編集・評伝『新潮日本文学アルバム42　内田百閒』新潮社、一九九三年
内山秀夫・香内信子編集・解題『与謝野晶子評論著作集　第一八巻』龍溪書舎、二〇〇二年
及川儀右衛門「久留米地方の憑物と祟り」『民族と歴史』第八巻第一号、一九二二年
大岡昇平『俘虜記』旺文社文庫、一九七四年
大岡昇平『大岡昇平全集　第一一巻』中央公論社、一九七四年
大岡信・大谷藤郎・加賀乙彦・鶴見俊輔編『ハンセン病文学全集』全一〇巻、皓星社、二〇〇二～一〇年
大野智也・芝正夫『福子の伝承―民俗学と地域福祉の接点から―』堺屋図書、一九八三年
億川兆山「結核患者としての子規と啄木（1）～（7）」『療養の友』第二巻第一号～第二巻第六号、第二
　巻第九号、一九三一年
尾崎紅葉『紅葉全集　第六巻』岩波書店、一九九三年
小田切秀雄編集代表『啄木全集　第八巻　啄木研究』筑摩書房、一九六八年
小田俊郎『医学者南船北馬』六月社、一九六四年
小田泰子『スペイン風邪流行とその時代』文芸社、二〇一五年
春日忠善『日本のペスト流行史』北里メディカルニュース編集部、一九八六年
加藤茂孝『人類と感染症の歴史』丸善出版、二〇一三年
加藤茂孝『続・人類と感染症の歴史』丸善出版、二〇一八年
川端勇男『小説マラリア』東亜書院、一九四四年
河東碧梧桐『子規言行録』大洋社出版部、一九三九年（四版）
河東碧梧桐『子規の回想　新装覆刻』沖積舎、一九九八年
菊池寛『菊池寛全集　第二巻』高松市菊池寛記念館、一九九三年
木村功『病の言語表象』和泉書院、二〇一六年
久保田正文編『石川啄木歌集』旺文社文庫、一九六八年
小泉八雲『明治文学全集48　小泉八雲集』筑摩書房、一九七〇年

紅野敏郎編集・評伝『新潮日本文学アルバム11　志賀直哉』新潮社、一九八四年
小島信夫『小島信夫全集』全六巻、講談社、一九七一年
小林郊人『下伊那医業史』甲陽書房、一九五三年
小堀杏奴『晩年の父』岩波書店、一九三六年
笹本寅『登志子追悼』私家版、一九四三年
寒川鼠骨『正岡子規の世界』青蛙房、一九五六年
志賀直哉『小僧の神様・城の崎にて』新潮文庫、一九六八年
志賀直哉『志賀直哉全集　第三巻』岩波書店、一九七三年
柴田宵曲『子規居士』三省堂、一九四二年
島木健作『獄』ナウカ社、一九三五年（八版）
志村真幸『熊楠と幽霊』集英社インターナショナル、二〇二一年
末延芳晴『正岡子規、従軍す』平凡社、二〇一一年
鈴木棠三『日本俗信辞典　動・植物編』角川書店、一九八二年
スーザン・ソンタグ著、富山太佳夫訳『隠喩としての病い』みすず書房、一九八二年
高浜虚子『子規居士と余』日月社、一九一五年
高浜虚子『正岡子規』甲鳥書林、一九四三年
武田泰淳『愛と誓ひ』筑摩書房、一九五三年
立川昭二「結核」『大百科事典4』平凡社、一九八四年
立川昭二「赤痢」『大百科事典8』平凡社、一九八五年
立川昭二「チフス」『大百科事典9』平凡社、一九八五年
立川昭二「ペスト」『大百科事典13』平凡社、一九八五年
谷崎潤一郎『谷崎潤一郎全集　第6巻　第8巻　第26巻』中央公論新社、二〇一五、一七年
田山花袋『明治文学全集67　田山花袋集』筑摩書房、一九六八年

千葉俊二編『谷崎潤一郎　上海交遊記』みすず書房、二〇〇四年
坪内稔典監修・文『別冊太陽　日本のこころ101　病牀六尺の人生　正岡子規』平凡社、一九九八年
「手足不自由児に水泳療法　日赤都支部が初の試み」『読売新聞（下町版）』一九五四年三月三日
寺田光德『梅毒の文学史』平凡社、一九九九年
「天声人語　小説の神様の反省」『朝日新聞』二〇二〇年一〇月二〇日
同窓会記念誌編集委員会編『雑木林　清瀬病院の憶い出』国立療養所清瀬病院同窓会、一九八四年
徳冨蘆花『不如帰』岩波文庫、一九三八年
内務省衛生局編『流行性感冒　「スペイン風邪」大流行の記録』平凡社、二〇〇八年
永井壮吉『荷風全集　第二一巻』岩波書店、一九九三年
中村真一郎編集解説『日本文学アルバム23　堀辰雄（特装本）』筑摩書房、一九六八年
夏目金之助『漱石全集　第一巻　第二二巻　第二七巻　第二八巻』岩波書店、一九九三～九九年
西原大輔『谷崎潤一郎とオリエンタリズム』中央公論新社、二〇〇三年
日本大辞典刊行会編『日本国語大辞典〔縮刷版〕』全一〇巻、小学館、一九八一年
野崎歓『谷崎潤一郎と異国の言語』人文書院、二〇〇三年
野田宇太郎編集解説『日本文学アルバム3　国木田独歩（特装本）』筑摩書房、一九六八年
野村敬子・石井正己編著『みんなで育む学びのまち真室川』瑞木書房、二〇二〇年
野山嘉正『近代小説の成立』岩波書店、一九九七年
柏艪舎編『根岸の里と子規と律』柏艪舎、二〇一一年
橋本博・立川昭二「コレラ」『大百科事典5』平凡社、一九八四年
橋本雅一『世界史の中のマラリア』藤原書店、一九九一年
長谷川時雨『旧聞日本橋』岩波文庫、一九八三年
長谷川四郎『長谷川四郎全集　第三巻』晶文社、一九七六年
長谷川深造（渓石）著、向井信夫解題、進士慶幹・花咲一男解説『江戸東京　実見画録』有光書房、一九六

八年
速水融『日本を襲ったスペイン・インフルエンザ』藤原書店、二〇〇六年
平井呈一訳『小泉八雲全集　第四巻　心・影』みすず書房、一九五四年
広津柳浪『明治文学全集19　広津柳浪集』筑摩書房、一九六五年
福田アジオほか編『日本民俗大辞典　上・下』吉川弘文館、一九九九、二〇〇〇年
福田眞人『結核の文化史』名古屋大学出版会、一九九五年
福田眞人『結核という文化』中公新書、二〇〇一年
藤岡明義『敗残の記―玉砕地ホロ島の記録―』中公文庫、一九九一年
富士川游『日本疾病史』平凡社、一九六九年
北条民雄『いのちの初夜』角川文庫、一九五五年
細井和喜蔵『女工哀史』岩波文庫、一九五四年
堀辰雄『風立ちぬ・美しい村』新潮文庫、一九五一年
前田愛『近代読者の成立』有精堂、一九七三年
牧野陽子『ラフカディオ・ハーンと日本の近代』新曜社、二〇二〇年
正岡子規『墨汁一滴』岩波文庫、一九二七年
正岡子規『病牀六尺』岩波文庫、一九二七年
正岡子規『仰臥漫録』岩波文庫、一九二七年
正岡子規『明治文学全集53　正岡子規集』筑摩書房、一九七五年
正岡子規『子規全集　第一三巻』講談社、一九七六年
正岡忠三郎編集代表『子規全集　別巻三』講談社、一九七八年
松山市立子規記念博物館編『第22回特別企画展図録　子規庵の日々』松山市立子規記念博物館、一九九〇年
松山市立子規記念博物館編『第26回特別企画展　画家　下村為山』松山市立子規記念博物館友の会、一九九二年

真山青果編『独歩病牀録』新潮文庫刊行会、一九三九年
見市雅俊『コレラの世界史　新装版』晶文社、二〇二〇年
宮川米次『戦争とマラリア』日本評論社、一九四四年
宮本吉次『啄木の歌とモデルの人々』妙義出版、一九五六年
村井紀編『明石海人歌集』岩波文庫、二〇一二年
森茉莉『森茉莉全集　1　5　7』筑摩書房、一九九三年
森林太郎『鷗外選集　第一巻』岩波書店、一九七八年
矢田挿雲『地から出る月』東光閣書店、一九二四年
「憂楽帳」『毎日新聞』二〇二〇年二月二六日夕刊
与謝野晶子『定本与謝野晶子全集　第一七巻　第一八巻』講談社、一九八〇年
横田正知編『日本文学アルバム24　田山花袋』筑摩書房、一九五九年
和田茂樹編集・評伝『新潮日本文学アルバム21　正岡子規』新潮社、一九八六年
和田芳恵編集解説『日本文学アルバム2　樋口一葉（特装本）』筑摩書房、一九六八年
渡辺言夫「百日咳」『大百科事典12』平凡社、一九八五年
渡辺言夫「ポリオ」『大百科事典13』平凡社、一九八五年

【著者】
石井正己（いしい・まさみ）
1958年、東京都生まれ。国文学者・民俗学者。東京学芸大学教授。日本文学・日本文化専攻。著書に『図説 遠野物語の世界』『図説 日本の昔話』『図説 源氏物語』『図説 百人一首』（以上、河出書房新社）、『遠野物語の誕生』（筑摩書房）、『現代に共鳴する昔話』（三弥井書店）、『菅江真澄と内田武志』（勉誠出版）など。

感染症文学論序説
文豪たちはいかに書いたか

2021年5月20日　初版印刷
2021年5月30日　初版発行

著　者　石井正己

装　幀　松田行正＋杉本聖士（マツダオフィス）

発行者　小野寺優
発行所　株式会社河出書房新社
〒151-0051
東京都渋谷区千駄ヶ谷2-32-2
電話 03-3404-1201（営業）
03-3404-8611（編集）
https://www.kawade.co.jp/

組　版　株式会社キャップス
印　刷　モリモト印刷株式会社
製　本　大口製本印刷株式会社

Printed in Japan
ISBN978-4-309-02958-0